Cambio príncipe por lobo feroz

Raquel Sánchez Silva

Cambio príncipe por lobo feroz

AGUILAR

PRISA EDICIONES

2011, Santillana Ediciones Generales, S. L.
Torrelaguna, 60. 28043 Madrid
Teléfono 91 744 90 60
Telefax 91 744 90 93
www.librosaguilar.com
aguilar@santillana.es

Diseño de cubierta: Sopa de Sobre
Ilustraciones de Sopa de Sobre

Primera edición: marzo de 2008
Cuarta edición: mayo de 2012

ISBN: 978-84-03-01222-6
Depósito legal: M-17.523-2012
Impreso en España por Anzos, S. L. (Fuenlabrada, Madrid)
Printed in Spain

A mis amigas

Índice

Introducción

Mujeres urbanas, madres trabajadoras, solteras ciclotímicas y adolescentes en erupción. En el siglo XXI todas estas mujeres comparten un paso evolutivo que Darwin describiría como la lógica selección natural a través de la supervivencia en la lucha por la vida. Este nuevo milagro en la especie alcanza su cumbre el día en el que la mujer, en una doble pirueta y salto mortal, deja de querer ser la princesa para convertirse en la madrastra. El momento en el que desea un cambio de rol en el cuento popular. Sin medias tintas. De la buena a la mala. Una mujer despojada de debilidades exteriores y colores pastel.

¿Quién querría ser una sosa al cuidado de siete enanitos (mineros y cantarines) pudiendo tener el tipazo de su madrastra gótica?

¿Serías obediente y llegarías a casa antes de las doce?

¿Te gustaría perder los taconazos en una carrera de lo menos elegante en pos de alcanzar la calabaza tuneada del clan de los ratas?

¿Elegiría alguna mujer morirse de miedo en el bosque, encima cargada con la compra (¡vaya cuadro!), pudiendo aullar entre las garras de un lobo? (En esta fantasía ha tenido mucho que ver la encarnación de Lobezno, o sea, Hugh Jackman).

¿Aguantarías a un pesado-eterno-adolescente que siempre está pegando brincos y no se puede separar de esa amiga —que tú sospechas más que amiga— llamada Campanilla? (¿Lo de campanilla será un cariñito o un nombre de guerra en plena práctica de sexo oral?).

¿Sabes lo mal que podrías quedar si te pasas durmiendo cien años rodeada de todos los de tu pueblo? (Imagina tu probable halitosis al despertar de un primer beso. Lamentable).

Realmente ¿lograríamos entender ahora el sacrificio de una mujer mitad pez mitad Miss Benidorm por no herir al hombre que acaba de rechazarla y casarse con otra?

Ya está bien de historias malintencionadas. ¡Qué jeta tenían los Grimm, Andersen y Perrault! ¡Cuentistas, más que cuentistas! Ni zapatos de cristal, ni polvos mágicos, ni espejos sinceros. Unos buenos Manolos, polvazos de verdad y elixires de la eterna juventud. Su encantamiento a través del relato no ha aguantado esta sobrecarga de realidad, pragmatismo y estrés. No hay vuelta atrás. Aunque en un momento de debilidad intentáramos hacer el ejercicio compasivo de adaptar el cuento a nuestro tiempo, no funcionaría. No saldrían ni el cuento ni las cuentas. Te pongas como te pongas, los coches blancos son una horterada y un rubio vestido de azul celeste de arriba abajo también. Córtate las trenzas, tira la banda de miss al mar, regala manzanas para dormir a la competencia, fúgate con el lobo y date un baño de espuma con él. Recuerda: mientras las princesas duermen, las brujas vuelan.

No hay Juan sin miedo

«... Cuando su padre le preguntó qué oficio quería aprender para ganarse la vida, Juan respondió: quiero aprender a tener miedo».

La foto social nos confunde. En ella creemos adivinar muchos Don Juan de toda la vida y muchos Juan sin miedo. Pero el cuento está que arde. No se sostiene.

¿Era Don Juan un Juan sin miedo?

¿O son ambos parte de un mismo ente erecto?

Lo sean o no, el rol de Don Juan y sus derivaciones son cada vez menos verosímiles tal y como están las cosas. La lógica nos lleva a pensar que ciertas especies del género animal social deberían desaparecer, como todas las que no se adaptaron en un entendido y asimilado proceso de selección natural. Estos procesos no son rápidos, porque que te desaparezca una aleta, pases a andar a dos patas o se disuelva el término *chatina* lleva su tiempo. Es probable que nosotros no vivamos lo suficiente para despedir al último Don Juan pero todo apunta a que sucederá.

Cuando eres una niña, pasas muchos ratos imaginando cómo serás de mayor. Haces cuentas. *En el año 2013 tendré 40 años. En el año 2053 estaré muerta. En el año 2060 desaparecerá el último Don Juan.* La proliferación del Don Juan o Juan sin miedo o su híbrido Don Juan sin miedo empieza a dar señales de debilidad alarmantes al igual que la calidad del esperma. Y una cosa no ha llevado a la otra, aunque la coincidencia venga al pelo. El Juanismo se debilita como las teorías que cierran los altos despachos a las mujeres o mantienen la desigualdad en los salarios. El mismo sinsentido discurre hacia el mismo desagüe.

De esta vida sacarás lo que metas nada más. A las seis de la mañana si no estás quitando los peluches de la cama eres un mierda. Quien habla en estos términos entiende el ligoteo y la conquista como un deporte. *Hay que dejar una muesca debajo de la cama, chicos. Código rojo: el pájaro está en el nido.* Posiblemente dentro de unas décadas se observará esta conducta como ahora vemos a José Luis López Vázquez en calzoncillos detrás de una sueca en picardías, con cierto estupor y encogimiento del área genital. Puede que ocurra y puede que no, pero los vientos que soplan no son favorables. Cada vez llegan menos pájaras engañadas al nido. Será porque los movimientos migratorios han cambiado. Será por el cambio climático o climáxtico.

Hay menos Don Juan «me lo como todo» porque las reglas del juego ya no son las mismas. Podríamos incluso aventurar que en las ciudades ya no queda ni un

Juan sin miedo. En la evolución de las mujeres ha muerto su título. Están y se sienten perdidos. Tienen miedo. Pero ¿a qué se debe este fenómeno? Pues en parte a que, probablemente, las mujeres también están más perdidas de lo que reconocen.

Para entender este universo de confusión y futuro impredecible del ligoteo, lo mejor es contar con una muestra. Tres hombres que acceden a tomarse unas cervezas, a hablar de chicas, maneras de ligar, incomprensión, patetismo y triunfo. Pero sobre todo tres hombres y sus reacciones ante lo desconocido, ante el discurso y la descripción de la contraria: una mujer. Los tres elegidos no son muchos, eso es cierto, pero parecen muy distintos y por eso el material puede ser significativo. El margen de error de la muestra debe ser apabullante e invalidaría, seguro, el resultado ante cualquier tribunal. Pero esto no es un estudio científico ni lo quiere ser y estos tres saben más de lo que dicen. Saben lo que callan.

Un gran porcentaje de lo que conocemos como el hombre heterosexual, lo que sería el antiguo Juan sin miedo evolucionado, está entre dos aguas. Debe andar con pies de plomo para enterarse de algo. Los códigos son distintos y ahora mismo es más difícil saber de qué va una chica que captar mensajes cifrados militares. Hay quien opta por seguir la estrategia de toda la vida. Esa de una de cal y una de arena. Vamos, que le falta llevar al lado a Arturo Fernández. Un clásico del ven pacá. Sus posibilidades de éxito son escasas o nulas. Despojos de Don Juan. Nunca codearse con animales en extinción.

Lo cierto es que, en este momento, hay pocas estrategias que valgan porque vivimos un grave problema de comunicación. Imagina dos barcos en medio del mar. Ambos con su surtido de banderines marítimos y dos códigos de señales navales distintos. Y las tripulaciones convencidas de que manejan los mismos. Y ahí estás tú, en plan Locomía pero con las banderolas. Hecha un flan. Cero armoniosa y algo descoyuntada, señalas que necesitas ayuda urgente. Y el otro entiende que estás en cuarentena. Tú agitas los banderines como una histérica y él llama a su amigo, el guardacostas, para que venga con los salvavidas.

Sin lenguaje común no hay entendimiento.

Ven al abordaje, marinero. Y él responde: *Retirada.*

A la falta de sincronía hay que añadir que el que no entiende piensa en todo momento que lee las señales correctamente, lo que acrecienta aún más la incomunicación. Lo que podemos definir como Ver lo que no existe o Espejismos en el mar.

Ésa está claro que quiere rollo y además con la amiga.

Y tú by SMS: *María, sálvame y sácame de aquí.*

Es necesario reseñar los casos de extrema gravedad. Esos en los que la comunicación no encuentra ni una sola vía. Las conocidas guerras perdidas del ligoteo. Por ejemplo: es un hecho que la incomprensión se hace absolutamente insalvable cuando te tocan un hombre tímido o un paná. Un paná es casi, casi lo peor porque en un principio engaña. Tú piensas que merece tu tiempo y resulta que es un paná. Sin embargo, el hombre tímido es, además de eso, desesperante. Su timidez se convierte en una niebla permanente y ya puedes estar tú enfrente haciendo el pino sin bragas, usando la falda de banderola, que no se entera.

La negativa y el error pueden entrar dentro de los planes pero no la desesperación, porque ésa se paga el día después. No le des más vueltas. Era un paná aunque no lo parecía. O era un tímido y ya está. No tienes la culpa. Un error de cálculo lo tiene cualquiera. Y ahora baja del pino que se te está poniendo la cara morada y ya te ha visto las bragas todo el barco.

Los hombres de la consulta, que son tres, ante esta primera descripción, asienten. Es verdad. Están perdidos y a eso hay que añadir que acaban de oír la palabra braga y no saben por qué. Están, por tanto, también desconcertados.

Alguno puede que sea tímido pero ninguno es un paná porque un paná ni siquiera reaccionaría. Aunque todavía hay que descartar que pertenezcan al peor de los supuestos en la franja de la incomprensión, el peor de los peores: el atormentao.

El más vacío de los silencios llegará a tu alma de su mano. Al principio te parecerá lo más porque habla bajito y como para dentro y porque escucha grupos que tú nunca has oído y ha visto tres pelis búlgaras en las últimas dos semanas. Huye y corre como alma que lleva el diablo, que la lleva y es él. Si un atormentao se hace hueco en ti, te hará pagar todo su dolor con creces. Vengará en ti el rencor que una tía lista le dejó. Te destrozará, te chupará la energía, te hará ser gris, triste, malentendida bohemia, cultureta de poca monta, esnob de chancleta. Un atormentao es un castigo e Iker Jiménez está aún por averiguar quién nos lo manda. Ni hombres de negro ni nada, un atormentao, ése sí que es un chupa almas.

Los tres hombres de la muestra guardan silencio aliviados porque no se reconocen en este último patrón. No les gusta el cine búlgaro y escuchan Los 40. Hay un timidillo que empieza a sentir el vértigo de la confrontación, pero no parece sufrir tormentos en general. Gracias. Nubarrones, no, por favor.

La incomprensión que está destrozando el ligoteo arranca en el primer momento tú a tú. El hombre y la mujer ya no hablan como antes en el rito de la presentación y su posterior despliegue. No hay reglas, no hay un presumible cortejo, hay que improvisar. Eso es estupendo pero también es mucho más difícil. Ya no existe una fórmula mágica que valga para todo. Carpe diem. Sí, pero de boquilla. Las mujeres están mutando y eso las convierte en unos seres aun más imprevisibles de lo genéticamente estipulado. Incluso para ellas.

Los hombres de la consulta han reconocido estar perdidos, pero no podrían reconocer que están, en general, acojonaos porque no saben ni por dónde les vienen. En esta transición fallan muchas cosas, más que fallar, no encajan, y sería idiota pensar que ellos son los únicos culpables como sería un error concluir que en este cambio de estrategias, de patrones y roles la mujer sale ganando. Porque si es cierto que la mujer lo tiene tan claro y es ahora ella la que selecciona ¿por qué nunca encuentra lo que quiere?

Uno de ellos, animado por la euforia y la complicidad del abrazo verbal, añade: *Antes me daba más miedo hablar con una mujer que pelearme.* No se atreve a hablar en presente pero ha sido muy valiente al reconocerlo. Le sudan las manos. Uno de sus compañeros añade sin sentido y en un tono elevado: *Porque la frase «esa tía es una zorra» siempre la dice una mujer. ¿O no?* Ya estamos. Mierda. No hay forma. En cuanto se produce la aproximación arranca la competición. Es un resorte insalvable. Mujer que cede, mujer que entiende, hombre perdido, hombre que salta al cuello, mujer que se defiende, mujer convertida en tertuliana verdulera, hombre que manda a tomar por culo, amigos que arengan, mujer que vuelve a maldecir el género masculino...

Como esto es una muestra, no sería inteligente dar rienda suelta a los animales que llevamos dentro. Esta reacción también es interesante. Tomad nota.

Para distraer la atención y relajar el ambiente lo mejor es contar un cuento. La camarera del bar sirve cuatro cervezas más y nos deja caer una perla. *Si te tiene que tocar un cabrón que sea uno bueno, es decir, malo de verdad para no volver a pasar por lo mismo. Para no aguantar nunca más. El problema es que hay muchos y, a veces, son difíciles de distinguir. En cualquier caso es mejor encontrarse con el peor a la primera.* Mientras lo dice se le encoge la garganta y aparta los ojos. No es una cotilla. No quiere pelea. Sólo terapia. Se va.

Un buen remedio para romper un momento dramático (cabrones) después de un primer momento de tensión (zorras) —¡qué estrés!— es hablar de prostíbulos y chicos jóvenes. Es decir «putas» y la imaginación cual neurona afectada por las drogas empieza a desbordarse, como a derramarse sin sentido, entre flashes de neón, pezones brillantes y dientes barnizados, unidos por hilos de pegamento. Por cierto, los hombres de la consulta rondan los 30 años. Por dar datos de la muestra.

¿Por qué cada vez hay más grupos de chicos guapísimos que pueden ligar, coquetear y enrollarse con cualquiera y se van de putas? ¿Qué hacen allí pagando 200 euros por un mero sobeteo? ¿Por qué está de moda? Frédéric Beigbeder, en su libro *13,99*, dice: «Las dos grandes virtudes de las putas es que son hermosas y no te pertenecen» y «Un prostíbulo es el único lugar falso en el que el hombre, por fin, es auténtico, débil, hermoso y frágil».

Por su parte, nuestros tres hombres no contestan. Dicen que no saben. Será mejor centrarse en el ligoteo clásico (capítulo 1): el difícil camino del propicio primer contacto físico. El momento de la decisión: el primer beso. Los hombres de la muestra enuncian algunos de los trucos más simples y efectivos:

—Contar siempre con escenarios propicios: coche o portal (dos clásicos) siempre que el garito no haya sido un buen catalizador.

—Si no hay posibilidades reales de éxito, lo mejor es hacer uso de la impunidad de la noche. De día, en un primer encuentro, las opciones de robar un beso a una desconocida se reducen mucho.

—Si estos dos primeros consejos están claros, lo mejor es recurrir a la trampa del acompañamiento. *Te acompaño porque hay lobos.* ¡Ja! Caperucita y Juan sin miedo de la mano de portal en portal. Sentados en el coche. Él con las garras afiladas y ella de rojo jugando con la capucha *Si es que van pidiendo guerra, hostias.*

—Una vez que el entorno facilita el acercamiento, hay que aproximarse hasta completar tres cuartas partes de la distancia inicial entre ambos. Esperar a que ella dé el golpe final. En caso de que no ocurra nada en los siguientes tres segundos, volver a la posición despacio, sin aspavientos y, sobre todo, sin bajar la vista.

—Si la situación no está tan clara, hacer uso de la manida combinación: silencio y mirada. Uno puede llevar a la otra o viceversa. Es la menos arriesgada. El sujeto no pierde, pero si gana tampoco gana mucho. Habrá sido poco valiente.

—En caso de que el aventurero sea un total kamikaze o esté ciertamente desinhibido puede encontrarse con la respuesta más dura: la cobra. Movimiento rápido y reflejo de la cabeza de la víctima hacia atrás. Latigazo de cervicales. Como si fuera montada en un taxi y le hubiera sorprendido el frenazo.

Lo mejor, que a la mañana siguiente no te acuerdes. Eso, por ladrón de besos.

Si lo que los hombres de la muestra cuentan es cierto, parece que las noches empiezan igual que antes pero terminan de distinta forma. Todavía hoy un treintañero puede sentirse ofendidísimo porque una chica, después de acostarse con él, lo eche de su cama alegando que prefiere dormir sola. Es verdad que algunas lo hacen porque, realmente, no soportan dormir con alguien. Otras porque creen que hacerle un hueco en la cama es hacerle hueco en otro sitio. Otras por hacerse las duras y provocar la reacción. Y las últimas porque ya está bien, por devolverla, por haberlo pasado.

Es conocido el engaño del puchero. Una amante despiadada que hace uso de su agenda cada domingo. Suele llamar y decir *Vente para acá que he hecho un cocido*. El estómago de la víctima lo lleva hasta la puerta y allí ella, desde su cocina francesa, se abalanza sobre él y lo devora. Cuando termina, no falla. Es echar un polvo y el tipo se va de cabeza al sofá. Ella, a su vez, lo invita a abandonar el hogar con un *pa tu casa*. Algunas veces ni siendo extremadamente arisca lo consigue y entonces se viste y grita desde su habitación *Vámonos, he quedado*. Ya en la calle se despide y siempre camina en dirección contraria a la de él. Da la vuelta a la manzana y regresa directamente a su casa. Cuando él llega a la suya, suele percatarse de que ni siquiera ha probado el cocido.

El día después de un primer rollo es, sin duda, el más difícil. No tiene nada que ver con la valentía. No tiene nada que ver con la inteligencia. No tiene nada que ver con las hormonas. Tiene que ver con lo que te aconsejen los demás. Y por eso, fundamentalmente, hagas lo que hagas suele ser un error. Los hombres de la consulta tienen claro qué hay que hacer. Lo que no tienen tan claro es cómo y cuántas veces.

— Teoría de la llamada única: sólo hay que dar una oportunidad. Insistir no tiene sentido. La que no quiere a la primera no querrá.

— Teoría de la segunda llamada o «llamada por intentarlo»: en la primera quizá pudo imponerse el factor sorpresa y no dejar ver realmente el interés de ella. Quizá en esta segunda ocasión se abra un hueco. (Improbable).

— Teoría de la tercera llamada o «llamada a la desesperada»: sin fuerzas para asumir la realidad el incauto se deja llevar por el impulso fratricida de despertar en ella aunque sea la compasión. (Nunca).

— Teoría de la cuarta llamada o «llamada del cansino»: ninguna mujer merece recibir esta llamada pero tampoco ningún hombre merece pasar por este momento trágico y patético para soportar un cuarto NO. Si te lo ha aconsejado un amigo es porque le mola la chica.

También es un día difícil para el receptor. ¿Cómo contestar a la llamada del día después? ¿Qué hacer si, por sorpresa, aparece en tu móvil un SMS romanticón? ¿Cómo no hacer daño y a la vez no dar ni una mijita de esperanza? ¿Colgar? ¿Responder secamente? *¿Quién dices que eres? ¿Javier o Juan?*

Hay hombres insistentes, los del cortejo al estilo derrumbe, abordaje, a por todas. Hay quien disfruta viendo a un hombre con sus huestes, preparado para darlo todo, y sabiendo que nunca conseguirá nada. Eso es cruel. Pero hay que hacerlo alguna vez. Es como hacer una mínima aportación a la venganza de género. No es tan malo dar calabazas y seguro que en ese gesto, aunque sea único, estarás vengando a una desconocida. No siempre se lo merecen en particular, pero sí en general.

¿Cómo damos calabazas las mujeres?

La fórmula más directa tiene su propio disparo de salida: gesto serio, mirada esquiva y voz grave. *¿Podemos hablar un momento?* Los hombres de la muestra aseguran que todo hombre contemporáneo está preparado para entender el verdadero significado de la invitación. It's over. Decir *¿Podemos hablar un momento?* es, por tanto, una manera de preparar, de inducir, de acolchar y amortiguar el golpe. Es condescendiente y es guay.

(O sea, que no).

La segunda fórmula es: me voy por donde he venido o desaparecer. Desaparecer es doloroso, duro e inolvidable y suma a toda la tragedia cargar al abandonado con el sambenito de un *Quién sabe dónde* permanente. Si se puede evitar, es mejor dar la cara.

Y la tercera fórmula entre las miles que hay, aunque estas tres son las más conocidas, es la de *No sé qué me pasa* unida al temible *Necesito tiempo*. Los hombres de la consulta lo tienen claro: siempre sabemos lo que nos pasa y el tiempo que necesitamos es tiempo para huir.

No hay que sentirse una bruja por haber roto mal, bien o desastrosamente, porque romper cosas es mejor que conservarlas y despreciarlas. Los hombres son menos de romper porque ¿para qué? Total, es mejor mentir y dar el salto sin dolor. Caer en otro colchón siempre es caer en blando.

Uno de los hombres de la muestra dice: *¿Hombres fieles? Gente rara con mucho mundo interior.*

Ja.

Sólo se ríen ellos.

La ruptura se ha producido de nuevo. Ya no queda demasiado de qué hablar y sobre todo parece inútil hacerlo. Hombres y mujeres no se entienden mejor que antes y la ausencia de códigos hace de su conversación un diálogo entre oriente y occidente.

Pagamos a pachas.

Al final uno de los tres hombres, el que parecía tímido, espera en la puerta. Está nervioso. No sabe cómo empezar. *El otro día estaba con unos amigos de fiesta y, de repente, uno nos invitó a ir al Húmedo Galaxy de la carretera de Burgos. Yo no quería ir pero fuimos. Acabamos en una pequeña sala con tres chicas. Él pagó 250 euros. Sólo por estar. Nos tomamos unas copas y nos fuimos. De vuelta, otra media hora de carretera. Se nos bajó el pedo.*

Silencio. Miradas. Tres segundos. Banderines equivocados.

Lecciones a la papelera. Distancia. Luz día. Hombre y mujer. Babel.

¿Tú hacia dónde vas?

¿Y tú?

Yo subo.

Pues yo bajo.

Otra vez silencio.

Entra y termina de escuchar a la camarera. Era maja y, aunque no te has dado cuenta, te miraba.

Mata a Campanilla y envejece conmigo

La sombra de Peter Pan entra sola en los baños de los garitos. Se despega de su eterno niño de nariz operada a lo Karina de Bulgaria. Persigue el olor de unos muslos por el pasillo y huele bajo las faldas.

La sombra de Peter Pan va a su bola. No pregunta. Tiene sus propias necesidades.

Tu Peter Pan nunca habla de su sombra. Ni de lo que hace. Tú sabes que algo raro hay porque en días de sol le falta una parte en las aceras, contra las paredes. No es la primera vez que paseas a su lado y ves cómo tu sombra camina agarrada a la nada.

Sabes que te engaña. Y te importa.

Si eres de las que no puede convivir con la infidelidad porque no la puedes entender, tienes que buscarte un hombre de sombra pachorra. Sombras despachurradas y amorfas. Sombras sin iniciativa. Quietas. Inofensivas. Tranquilas.

La doma de la sombra golfa es una aventura extenuante e inútil. Nunca envejece. Viste calzas verdes eternamente. No tiene rostro. Tampoco tiene vergüenza. Es imprudente. Disfruta cuando hace el indio y sabe que, pase lo que pase, Nunca Jamás dejará de desearlo, Nunca Jamás dejará de intentarlo.

La sombra es Peter Pan y Peter Pan es su sombra. Tú no podrás dividirlos. No encontrarás la manera de cerrar todas las ventanas para eliminar su reflejo. Siempre habrá quien le sorprenda desde otro lado, dejando entrar el sol y el viento fresco.

Si no puedes, si no quieres, despierta. Si no duermes, no sueñas. Vivir con la mosca detrás de la oreja o Campanilla te saca de quicio. Intuir que ella lo hace volar a base de echarle polvitos te mata. Los ligoteos absurdos, las noches que acaban en orgías con estudiantes de puericultura te provocan mal de sangre. Pero Campanilla te arrastra al trastorno mental.

Campanilla, la eterna amiga, la ex mujer, la ex novia. O se acostaron o se acuestan o se acostarán. El fin de su contacto con una mujer siempre ha sido el mismo. No puede quererla sin follársela. En el caso de las ex por querencia. En el caso de la amiga de la infancia, pubertad o adolescencia porque la fuerza de la costumbre da muchos frutos. No hay nada como ser la pesada que lleva toda la vida arrimada para que te caiga algo. La recompensa al tesón.

La sombra de Peter Pan se esconde cuando preguntas por alguna de ellas. Por su campanilla.

Eres celosa. ¡Qué le vamos a hacer!

Te gustaría ser moderna. Entenderlo. Aprovecharlo. Hablar con tus amigas sin darle importancia.

Hacer tú lo propio sin tener que sacudirte la culpabilidad.

Sin embargo, no puedes.

Por mucho tiempo que pase, por muchos libros de autoayuda que leas, Nunca Jamás firmarás un pacto de convivencia ciega. Un pacto de sombras.

Eso requiere madurez, orden y una predisposición que nada tiene que ver con aceptar de vez en cuando en tu casa a una turba de quintos con calimocho y paquetes engangrenados y no vomitar.

Si no te gustan sus amigos, no te gustan. Si necesitas la eliminación de Campanilla, la necesitas.

Pero no va a ocurrir. Por lo tanto, vete.

Hazlo cuanto antes.

Campanilla no se irá nunca y él, si puede, se la tirará un par de veces al mes y como, encima, ella es mudita y rápida, tú no te enterarás. Con los indios continuarán las orgías aunque, con los años, sustituirán las estudiantes por las prostitutas.

Un Peter Pan con una sombra alargada es una maldición. Un hechizo que no te puedes permitir. Por muy celosa y muy antigua que seas.

Mira hacia el mar. Busca el barco pirata. Hay miles de aventuras por vivir con rudos capitanes que te querrán mucho cuando estén en tierra. Miles de aventuras por vivir cuando ellos regresen al mar. Tu capitán en lugar de sombra tendrá un loro.

Siempre será más fácil enamorar al loro que lograr que Campanilla se rinda.

Traiciones de hada madrina

El pasado domingo la abuela de mi amigo Fernando fue a misa en la basílica del Pilar y le robaron el bolso durante la comunión.

Estaba en un banco no muy alejado del altar. Se levantó y se unió a la fila. Calculó que en una estrofa y un estribillo llegaría hasta el sacerdote. La vuelta siempre es más rápida. Caminaba a paso muy lento, algo encorvada por la edad. Vestía, como cada domingo, un traje de chaqueta precioso. Éste era color beige. Lucía también un collar de perlas que solía elegir en días de sol. De su mano izquierda colgaba un pequeño bolso, el que ella llamaba el de las conchas. Cuando alcanzó la posición del sacerdote, canturreaba la tercera estrofa. Comulgó, dio media vuelta y regresó a su sitio. Entrecerró los ojos y se arrodilló en actitud de recogimiento. Cuando se disponía a apoyar el bolso en el suelo, la referencia espacial la alertó. Elevó el brazo y descubrió que de su mano sólo colgaba un asa. Como una pulsera sin cerrar. El cuerpo del bolso se había quedado por el camino.

En algún momento un desalmado o desalmada, a la vez que acompañaba al coro, sacó unas tijeras. Bajo la mirada atenta de la Pilarica (o virgen cohete, como dice Javier, el novio de Fernando) acompasó su pulso al movimiento de su víctima. Y, sin dudar, cortó el bolso de dos tijeretazos.

¡Pobre mujer! Aún no se ha repuesto del disgusto. Ella intenta recomponer el puzle de lo ocurrido. No puede. Son muchas lagunas y muchos domingos iguales para poder distinguirlos.

¿Hay algo peor que robar a una anciana en misa con la frialdad y la técnica de un agente secreto internacional? ¿Se puede caer más bajo ante la virgen del Pilar? Pues sí. Quitarle el novio a una amiga es mucho peor. Requiere de la misma habilidad, sigilo y rapidez de este/a maestro del robo, pero además precisa de una condición innata de *daughter of bitch*.

¿Traicionaría el hada madrina a Cenicienta?

Por muy amable que pueda parecerte un hada madrina no confíes en ella. Aunque adviertas su entrega y sientas que eres el centro de atención de toda su amistad. Sé prudente. En ocasiones se trata solamente de un truco de distracción. Si se acerca a ti, se acerca a él. Si te quiere a ti, también a él. Las madrastras y las hermanastras son en realidad inofensivas. Son las malas oficiales. Ver venir el problema es más de un 80 por ciento de la resolución del mismo. La atención y la desconfianza son fundamentales para no sufrir el ataque de un hada madrina salida o en busca de pareja estable (síndrome *Se me pasa el arroz*). Apunta las siguientes señales de advertencia.

AMIGA DE TU CHICO. MÁS AMIGA QUE NINGUNA. Tu mejor amiga o hada madrina y tu novio se llevan muy bien. Tanto que son confidentes. Hablan por teléfono cada pocos días. Se encuentran cada semana por casualidad. Se abrazan cada vez que están borrachos. Te alegras porque eres Cenicienta y, por tanto, te crees la princesa del cuento. A él le dices: *Es tan importante para mí que te caiga bien mi amiga...* A ella le confiesas: *Es tan importante para mí que te guste como es.*

Lo que él responda poco importa porque mentirá o dirá algo tan estúpido que analizarlo te llevará a error. Pero si ella contesta: *En realidad me cae bien pero lo hago por ti porque a mí nunca me gustaría... Menganito...* empieza a temblar.

Y si añade *No es que no me parezca guapo ni que no me pudiera gustar si no fuera quien es...pero lo que quiero decir... Que no es mi tipo y ya está.*

En estas frases la suma de dos noes siempre es un sí (No + No = Sí).

Me parece guapo y me podría gustar...

Si no eres hábil en la traducción simultánea, de nada servirá. Ella se meterá en un jardín en un tropiezo y tú estarás a por uvas porque eres Cenicienta.

Crees que los ratones cosen.

AMIGA DE SUS AMIGOS. MÁS MAJA QUE NINGUNA. En tu posición de novia oficial quedas excluida de todas las actividades only for men. Ella, como es muy maja y, además, le gusta a uno de los amigos de tu novio, se cuela en las copichuelas masculinas. Tiene que comerse al amiguito de turno. Muerta de asco o indiferencia. Pero sabe que las posibilidades de una infiltrada se multiplican por mil. El cambio de rol de *la amiga de mi novia* a *mi amiga* es un salto determinante.

Tú estarás roncando. Ellos se tomarán la última. Juntos. Solos.

ÉL NO TE MERECE. MÁS SINCERA QUE NINGUNA. Acudes a ella como consejera porque dudas sobre la esperanza de vida de tu relación. Ella siempre argumenta que él no te merece. A la vez enumera tus virtudes para poder superar con éxito una separación: *Vas a tener al hombre que quieras, Tú eres muy fuerte, Tú vales mucho más que él, Aquí me tienes para lo que sea.*

Cualquiera de estos alientos podría proceder de una amiga bienintencionada pero si repite la operación con él, y lo consuela de la misma forma, sospecha. Es una estrategia. Reforzarte a ti para liberarlo a él.

La cercada eres tú.

Los ratones no cosen y tampoco cantan.

SU AMIGA DE TODA LA VIDA. MÁS MÍA QUE NINGUNA. Preguntas a tu novio sobre tu amiga asaltante. Él contesta: *Siempre ha sido mi amiga* o *Era amiga mía antes que tú.*

Ya no tienes nada que hacer. Si esperas más de lo necesario, te darás de bruces con los dos. Déjalos estar. Déjalo ir. Anticípate al engaño y al desencanto. Concede a tu amiga la oportunidad extra de convertirse en su paño de lágrimas. Lágrimas que derramará por ti y que ella nunca olvidará. Márchate con la conciencia sucia de una madrastra que le deja un regalito fino. Ella se lleva a tu flexible ex. Como recompensa jamás podrá volver a confiar en ninguna mujer.

No has vuelto a ver ratones que cantan y cosen porque te has quedado muerta por la traición y la consecuente decepción. Apenas puedes tener pesadillas que no los incluyan. Has salido de un cuento en el que no eras la princesa, tu hada madrina te la jugaba y el príncipe era sólo el mendigo. Consuélate con un colorín colorado. Volverás a comer perdices en temporada de caza.

¿Traicionaría el hada madrina a Cenicienta?

¿Le regalaría un vestido minutos después de haber dejado que el príncipe desabrochara el suyo? ¿Le aconsejaría que llegara antes de las doce para quedar ella con el heredero de madrugada?

Sí, lo haría. Por eso Cenicienta es tonta. Porque nunca se entera de nada y, encima, quiere a la familia que la maltrata.

Rinoplastia para mentirosas: la plantada que nunca estuvo allí

Si alguna vez te plantan, llama al día siguiente para decir que no pudiste ir. Piénsalo. Tu honor no tiene por qué ser restablecido si nadie sabe que ha sido mancillado. Para que este magistral consejo surta efecto (me lo dio la abuela de mi amiga Ulía, una mujer sabia, octogenaria, cuidadora de una gárgola en miniatura y excelente echadora de cartas) es imprescindible que concentres tu energía en reforzar o desempolvar —depende de quién seas— tu discreción y tu fortaleza.

De hecho, no sólo debes ser discreta. Debes ser discretísima. Porque tu vergüenza puede verse elevada a la *n* si alguien llega a descubrir tu engaño, conocido en términos deportivos como «hábil finta dignificante». Y ser discreta no significa precisamente contárselo sólo y exclusivamente a tus tres amigas del alma, sino ser una tumba de las que devoran las verdades. Asumir con frialdad que la que estuvo allí se tomó dos cervezas, tres vinos tintos, se fumó quince cigarrillos y se comió la uña de su meñique no fue más que un fantasma. Que esa mujer abandonada a su suerte e hipnotizada por un juego de cubiertos retorcidos no eras tú.

Nadie debe saber lo que ocurrió. Nadie. Por eso es tan importante que actives el generador que potencia tu fortaleza. Necesitarás ser fuerte no sólo para salir del restaurante, bar, pub, terraza o wherever; no sólo para despedirte del camarero que te lleva consolando soslayadamente desde hace un par de horas; no sólo para sonreír tímidamente a los que te rodean y casi susurrar un *adiós, buenas noches* (nunca un *qué aproveche,* porque por si lo has olvidado ya estarán en los postres); sobre todo necesitarás ser fuerte para no llamar a nadie al salir de allí y gimotear como una niña a la que le han quitado las chuches; para terminar sola llorando tras el portazo de la puerta de casa, haciendo de la primera pared un respaldo y del suelo el lugar más cercano a tu autoestima. El abrigo de princesa que te iba a dar el 40 por ciento del éxito a primera vista es ahora la manta de una homeless de las citas. Como no tienes cartones a mano y el suelo está frío, levántate o arrástrate hasta la cama y repite: «No confesar, no llamar, no llorar, no confesar, no llorar, no ha pasado, nunca he estado allí...». Ahora sí puedes reproducir las palabras de Escarlata O'Hara sin ser una completa hortera. Porque estás como estás, SÍ, mañana será otro día.

Gracias al vino las pesadillas no te habrán destruido por completo. Por la mañana todo será distinto. La luz hará posible la fotosíntesis emocional y lo que unas horas atrás era desolación y tristeza se convertirá en rencor y ansias de venganza.

Mide tus fuerzas pero no tu maldad. Sé mala hasta que tu nivel de autoestima recupere el aliento (aconsejable modelazo, maquillaje, tacón de aguja y falda; para las afortunadas, un buen escote). *Tú no eres una estrella del cante pero también necesitas los aplausos.* Para casos de extrema gravedad se recomienda pasar por delante y muy cerca de una cuadrilla de obreros. Si están haciendo un boquete en el suelo con una taladradora, mucho mejor. Estas circunstancias facilitan el éxito. ¿Por qué? No lo sé. Si no vives en Madrid y no tienes una obra a mano cada veinte metros, siempre te queda el eterno enamorado de la oficina (aunque le sude la coronilla), el quiosquero enrollao (aunque tenga los dientes amarillos) o el portero de la finca (aunque ése puede dar mucho asquito si después se encierra en el cuarto de basuras).

Date una pequeña alegría porque *¡Recuerda, campeona! Tú sólo das un paso atrás para coger impulso.*

Menú (lo mataría...), agenda (¿por qué me dejó plantada?...), nombres (parecía tan majo...), Raúl... (y además le gustaba...), politono de espera (que te note de buen rollo...), *Hey...*

¡Qué bien lo has hecho! Comedida, lista y encantadora. Ni un atisbo de enfado, rabia o dolor, ni un reproche, sólo las disculpas por no haber podido acudir, por no haber podido avisar a tiempo, por haberlo dejado plantado. Como él es lo suficientemente imprudente o tonto en este caso, habrá intentado que la jugada le favorezca y habrá ocupado tu lugar en el restaurante, bar, pub, terraza o wherever para convertirse en el falso plantado y buscar tu compasión. Y si es imbécil del todo, habrá concertado una nueva cita para que TÚ repares TU falta de consideración y de paso SU honor.

¡Pobre! En ese momento tendrás dos opciones: consumar una venganza de telenovela o una venganza sin implicaciones y riesgos: la venganza del indiferente o «dejarlo correr». Cualquiera de las dos es buena si te alivia y repara la huella del plantón que es como el pisotón de una bota militar en tu cementoso orgullo, siempre a medio secar. La opción más segura será probablemente la de valorar con objetividad al que no supo entender lo que se perdía cuando te dejó plantada. Si fue capaz de olvidarte antes de conocerte, es seguro que no merece la oportunidad de pasar ni un minuto a tu lado. Entonces, deshacerse de él con una total falta de interés será suficiente.

Pero, si esas largas horas de espera en el restaurante dando vueltas a las miguitas de pan han hecho mella en tu fangoso orgullo más allá del disgusto sobredimensionado por el consumo de alcohol, quizá la única forma de resolver el partido sea urdir un plan. Hacer que, de alguna manera, él pase por una experiencia similar. Busca respuestas en clásicos como *Cristal* y *La dama de rosa*. Avergonzarlo, engañarlo, hacerlo sufrir en definitiva. En cualquier caso sé consciente del lío en el que te metes: esto te va a llevar tiempo y energías, además de obligarte a soportarlo unos cuantos días más de tu rica y sorprendente vida. Seguro que tienes mejores cosas que hacer, pero la sed de venganza es una cosa muy de una y muy respetable. Ni fría ni caliente, la venganza es sobre todo muy mujeril. Haz lo que más te apetezca. En apenas tres minutos se te habrán ocurrido mil maneras de hacerle pagar. Llévalo a cabo solamente si estás convencida de que luego no tendrás que pasar por otra noche de tormento, esta vez consumida por la culpabilidad. Antes de tomar una decisión date al menos unos días para que se te olvide y dedícalos a quererte mucho. Después decide. Si tienes que rematar, remata y, si no, respira, ríete de él, ríete del plantón y espera el momento «arrieros somos...». Compra dos bandejas de pasteles y deliciosos chocolates e invita a tus amigas a tomar café o vinito de postre. Cuando tu nivel de autoestima se haya equiparado a tu nivel de glucosa, disfruta de tu momento de gloria. Elige tú. O cuentas lo que pasó y provocas un linchamiento verbal terapéutico o te zampas el último bombón y con él te tragas tu secreto. Como tantas veces.

Una supernanny para Peter Pan

Buscar pareja y encontrar un hombre joven no tiene por qué ser siempre un binomio ganador. Depende mucho de la edad mental del sujeto y de las pruebas que te reporte su DNI. Porque no es lo mismo un hombre que parece joven (supuesto Uno) o es joven (supuesto Dos) que uno que quiere ser a toda costa un yogurín (supuesto Tres).

De los tres casos es evidente que lo mejor que te puede tocar es un hombre maduro con un aspecto inmejorable. El Uno, el top one. Este nivel corresponde al hombre que aparenta su edad, o un poco más, y que suma cada uno de sus años con un plus de atractivo. Como si cobrara de vez en cuando unas stock option en madurez hollywoodiense. La mitad de vosotras visualizará ahora el rostro de George Clooney. Bien. Estamos coordinadas. Nunca debemos confundir a estos hombres maravillosos con sus contrarios, los que podríamos llamar prototipos Grecian 2000. Su supuesta madurez atractiva es una farsa, una caracterización. Tenemos decenas de ejemplos mediáticos. ¿En qué están pensando los asesores de imagen de algunos políticos cuando les tiñen el pelo de caoba y, a la vez, les mantienen una poblada barba gris? ¿No reparan en que la evolución del pigmento acabará por revelar unos extraños y cantosos reflejos rojizos? ¿No les parece su candidato un dibujo coloreado por un niño? Esas vetas rojizas son el anuncio de la oxidación que sufrirá su representado. Entre el brillo antinatural del pelo, los destellos coloraos y su combinación con la barba del abuelo de Heidi o bien parecerá que se ha comprado un bisoñé en el mercadillo de navidad de la Plaza Mayor o bien que es víctima de una venganza femenina con muy mala leche y mucha influencia. Sus aspiraciones a líder también se teñirán de rojo. Y ésa no era la idea.

Salimos de la peluquería y dejamos atrás a nuestro patético teñido y a nuestro maduro inmejorable difícil de encontrar para abordar el supuesto Dos, el más grave y peligroso de ese hipotético binomio triunfador: Busco pareja/Encuentro hombre joven. Hablamos de esa especie que puebla las barras de bares y discotecas y que confunde un grifo de cerveza o una botella con la fuente de la eterna juventud: el pesao-eterno-adolescente. Peter Pan con osteoporosis en el País de Nunca Jamás.

Enamorarte de un pesao-eterno-adolescente puede llegar a ser uno de los peores tormentos que te toque vivir. Al principio te será muy fácil caer porque te seducirán su vida nocturna, su despreocupación general y un apetito sexual constante con broche final alcohólico y lisérgico. También te enganchará que sólo él te vea guapa de nuevo con una minifalda tubo que nunca debió resurgir de tu armario. Te hará sentir sexy, jovencísima y superdivertida. *¿Mayor? ¿Por qué dices eso? ¡Si pareces una niña! Fíjate qué culo tienes* (Si algún día te dice que no tienes «nada de celulitis», ¡cuidado! Además de un pesao-eterno-adolescente te juegas los cuartos con un mentiroso patológico). ¿Por qué crees ahora en los milagros inesperados si ya tenías decidido encomendarte a cualquier dios de la liposucción? ¿Tu Peter Pan sana con las manos? ¿Lija con ellas? Lo que ocurre es que estás ciega todo el fin de semana y cegada el resto de ella. No ves y lo que es peor: no te ves.

Sólo merece la pena pasar por esta experiencia de engaño consentido si tienes muy claro que tu pesao tiene una misión breve y específica que cumplir: Hacerte disfrutar un ratito, darte cosita buena para el cuerpo, buen sexo para tu autoestima y, de regalo, unas cuantas fiestas. Únicamente en este caso será muy, muy recomendable para etapas de transición post ex. Pero alerta. Que no se te vaya la mano con el tiempo.

Para evitar que un pesao-eterno-adolescente te atrape en su red de fines de semana es imprescindible que sepas distinguirlo entre los demás buscafaldas, que lo veas venir. Hay varias señales inequívocas. Una de ellas es que el incremento de canas y flacidez es directamente proporcional a la compra compulsiva de camisetas ceñidas y cosméticos de alta gama. Recuerda que estamos hablando de un señor de treinta y tantos bastantes o uno de cuarenta y pocos, con poder adquisitivo como para permitirse que la licra vaya firmada por Gaultier. Le sentará igual de mal provenga de donde provenga la prenda, pero él creerá que puede formar parte de una foto coral de D&G.

Puede ser que incluso te haga gracia su tripita decorada con angelitos y figuras geométricas o que no te importe que a las tres de la mañana le asome la rajita del culo porque la camiseta se le haya enrollado hasta el ombligo y el pantalón haya hecho lo propio pero en retroceso cual polo opuesto. Puede que le perdones estos despistes, pero ¿qué ocurrirá la mañana que lo pilles probando tu antiojeras sobre sus manchas y sus granos? ¿Y la noche que, poseedor de un stick iluminador, vaya haciendo el ridículo con ese desfavorecedor antifaz de oso panda? (En el argot del maquillaje define el antifaz que forma un tono de piel más claro alrededor de los ojos).

¿Qué harás entonces? ¿Te rendirás y le enseñarás a pintarse la raya negra del ojo por dentro para que no se pinche la lentilla? ¿Batirás con tus propias manos su maquillaje para que no se deje pegotes y evitar el temido efecto de la máscara? (En el argot del maquillaje cara maquillada en un tono oscuro en contraste con un cuello limpio y habitualmente medio tono o un tono más bajo). ¿Le difuminarás tú el maquillaje hacia la nuez? Y después de todo, y lo que es más importante, ¿podrás volver a desearlo como antes si después de una de esas madrugadas de sexo lo miras a la cara y te parece un cantante de ópera, recién salido de escena, después de una sudada?

Si has llegado a ese punto y aún crees que debes intentarlo, estás más perdida de lo que crees. Perdida que no enamorada porque si lo piensas fríamente sabes que no tiene ni pies ni cabeza. Huye en cuanto puedas. Sal de esa casa que siempre olerá a estudiantes y corre. Corre y no caigas en la trampa de los SMS, del *Voy a cambiar* y *Me he dado cuenta de lo importante que era estar contigo;* todo eso te suena por las telenovelas pero en realidad no te gusta. Vete. El momento más duro estará aún por llegar. Algún día tendrás que explicarte a ti misma cómo pudiste tenerlo enfrente y no verlo. Pero ya está. Tampoco dramatices. No te hagas más pupa. Que no hace falta. El mejor consejo es que intentes guardar en el disco duro los mejores momentos de risas, de pedo, fiestas y los primeros revolcones. Lo demás intenta, como sea, borrarlo de tu centro operativo. Ni siquiera sus piropos. Tarde o temprano comprobarás, porque no eres ciega, que te mentía.

Como dice una de mis amigas: *Nunca te acuestes con alguien con quien te avergonzaría que te pillasen tomando un café*. O su versión para casos *No pude evitarlo:* acuéstate pero que no te vean y no reincidas para evitar la exposición pública.

Otro caso muy distinto es el de hombres jóvenes suficientemente maduros como para desear y amar a una mujer mayor que ellos. En el supuesto Tres, todo es a favor de obra. Siempre hacia delante. Dibuja el peatón en tu cabeza, éste va en tu dirección, el pesao-eterno-adolescente en la contraria. No tiene por qué ser el hombre perfecto todavía pero puede serlo. Por edad, por lógica y por oportunidad será además curioso y generoso, dedicado y atento. El enamoramiento será lo más parecido a un castillo de fuegos artificiales: pasional, ruidoso, espectacular, llamativo, caliente. ¿Qué más le puedes pedir? Lo demás, lo que no sabe, deberá aprenderlo y lo hará contigo.

Tú, la madura, la envidia de tus amigas, serás el oráculo en el que él intentará encontrar todas las respuestas. Cada vez que tenga una duda existencial buscará tu consejo y responderás con la ventaja y las artimañas que te garantiza la experiencia. *Yo ya lo he hecho, Eso ya lo he pasado, No tengas prisa, te llegará* y el rotundo y discriminador «Cuando tú vas, yo ya he ido y he vuelto diez veces». ¡Qué memez tan efectista! Si te quiere, no verá asomar tu plumero de reina manipuladora. Por el contrario, te creerá. Tus arrugas le parecerán muescas de sabiduría, auténticas pozas de conocimiento.

Por ejemplo, con un poco de cuento serás para él: la gran viajera aunque sólo hayas ido a Italia un par de veces y una semana santa a Nueva York. Cada uno de tus periplos será una gran aventura peligrosa y lejana. Sabrás adornar tus historias con la pasión del viajero experto a pesar de que te desorientas en cualquier parte si no vas del brazo de un guía-lazarillo. Parecerás capaz de atravesar una selva provista tan sólo de una galleta María y una píldora potabilizadora. Como gran conocedora del mundo, habrás vivido terremotos y accidentes, habrás sobrevivido a fuertes tormentas y la amenaza animal se habrá cernido sobre ti. Ante tu joven admirador no te habrás amedrentado jamás, ante nada, aunque todavía sueñes con la araña que había en la bañera del hotel de Cancún. Tú sabes que llamaste al servicio de habitaciones a las tres de la mañana y que después de que el botones la matara quisiste matarlo a él de un golpe y dejar el cadáver en la bañera para que no pudiese contar a nadie el ataque de histeria que tenías cuando llegó y los latigazos que dabas con la toalla a todos los mosquitos de la Rivera Maya. Tú lo sabes, conoces tus vergüenzas, pero no encontrarás ninguna razón para no ser la sublimación de ti misma ante tu ingenuo y crédulo nuevo amor de juventud. Con no llevarlo a Cancún ni hacer ejercicios de campamento en la selva lo tienes hecho. Para asegurarte del todo y evitar que te pille en un renuncio viajero, siempre te servirán de excusas o colchones para ganar tiempo frases como *Ahora no me acuerdo*, *¿Por qué tengo que preparar yo el viaje?*, *Ya estoy cansada de hacerlo yo todo* y el remate *Haz algo tú para variar*. No seas cruel. Escabúllete pero no machaques.

El ejemplo de los viajes puede trasladarse a todos los temas en los que él asume tu superioridad intelectual avalada por una experiencia que es como la crema suavizante que te regalan con el champú. Edad y experiencia van, para él, en el mismo pack. Pronto aprenderá que hay botes vacíos.

Mientras se despierta y no se despierta, todo funcionará si lo llevas con cabeza y no caes en el error de convertirte tú en la pesada-eterna-adolescente. Si en un titánico esfuerzo de adaptación al mundo juvenil te desvías del buen camino, es posible que también acabes con la camiseta enrollada y el pantalón cagao enseñando las chichas apostadas sobre tus caderas. Entonces hablarás con la hermana de tu amante juvenil de sus últimos ligues y querrás ser amiga de los amigos de ambos. Si no eres capaz de controlarte, te descubrirán. No es tu medio. Evita las situaciones de sobreexposición y de comparaciones razonables. No lo permitas. Escóndete bien y sé misteriosa/mentirosa, que para este caso es lo mismo.

Si la situación se te va de las manos, puede que una noche salgas con tu supuesto Tres (joven maduro) y su pandi, y te encuentres al supuesto Dos (pesao-eterno-adolescente) en el mismo bar, y que Tres sea amigo de una de las amigas de Dos, tu nuevo amor de juventud. Cuando Dos y Tres se vean las caras gracias a la amiga común se te verá todo el plumero de vedette manipuladora y todos los mapas falsos, la brújula desmagnetizada y el repelente para insectos caducado. Ya no serás una aventurera sino una buscaaventuras y tendrás el mismo glamour que tenías aquella noche de histeria, gritos e insultos a los pobres mosquitos mexicanos. Acabarás saliendo del bar y en tu escapada te encontrarás de cara con tu añorado supuesto Uno (maduro inmejorable) del brazo de una chica de veintitantos que parece tener la cabeza muy bien amueblada. La función habrá terminado. Deambularás con el maquillaje derramado como el de una cantante de ópera después de una interminable aria llorera.

Aquelarre en el país de las hadas

Las amigas son la salsa de la vida. No es fácil acertar con una salsa.

En mi mundo, las comidas y las cenas de chicas tienen un nombre. Ese evento social, amistoso, ensordecedor y terapéutico tiene asignado un título que, a estas alturas, sirve como un efectivo e indiscutible espantahombres/maridos/novios o lo que sea en ese momento el chico en cuestión. Ese título que quiere ser tan descriptivo como inofensivo al primer reconocimiento es tremendamente pop. Ese grupo, absolutamente único, es conocido en mi mundo como: Las Lolis.

Las Lolis no es un término que describa a un grupo de mujeres, ni siquiera, aunque pudiera parecer, a un grupo de mujeres tirando a pedorras, o pijas, o tontas, o repipis. Define únicamente al evento en sí: la reunión de unas cuantas amigas en torno a una mesa, a ser posible bien aprovisionada de vino y lista para sincronizar sus energías.

LAS LOLIS se celebran unas cuantas veces al año, tantas como opciones haya de reunir a más de cinco o seis mujeres. Las agendas, los hijos, los maridos y los novios hacen bastante complicado alcanzar este objetivo; por lo tanto, se celebran tantas lolis como se desconvocan.

El germen de LAS LOLIS se pone en funcionamiento habitualmente con un SMS o e-mail con un texto como éste o similar *Hola, chicas, ¿hay alguien ahí?* u *Hola, chicas, necesito unas Lolis*. Lo siguiente es una tormenta en las ondas de unos cinco minutos de duración en los que se cruzan SMS, llamadas y, de paso, saludos y breves intercambios de estados de ánimo. Después, el silencio, cada una a lo suyo y, finalmente, tras una hora aproximada de suspenso, llega la convocatoria oficial, que parte casi siempre de la generosa que pone cena y casa, o la desconvocatoria oficial, que viene de cualquiera, incluso de la generosa, que puede, a última hora, después de haber llamado a tres empresas de catering y a dos babysitters, anular en medio de un ataque de ansiedad.

En caso de que LAS LOLIS se celebren, entramos en la fase B, que será, en el supuesto más complicado, comunicarlo a marido/chico/hijos y, en el más sencillo, comprar una botella de vino o un poco de paté o queso o helado o una buena tarta y sin tener que dar cuentas a nadie acudir pletórica.

Una vez allí (en la casa de la generosa) LAS LOLIS son la guerra. La batalla por contarlo todo, por hablar más alto, por monopolizar la conversación, por desahogar cuanto antes... En algunos momentos puede llegar a ser lo más parecido a la grada de cualquier estadio de fútbol y el campo es la mesa, el mantel, los aperitivos, los platos, los paquetes de tabaco que vuelan de un lado a otro, los ceniceros que van llenándose a toda velocidad, las risas, un brindis mirándose a los ojos (si no, te aseguras siete años de mal sexo), un grito, un teléfono sonando que nadie va a coger y algún ¡calla, calla! o ¡escucha, escucha!, inútiles por completo.

No han inventado aún ninguna modalidad aeróbica en los gimnasios capaz de hacer que descargues tanto como unas buenas LOLIS de primera división.

La primera vez que vas a unas LOLIS y tus nuevas amigas te presentan en sociedad sufres. Ves las preguntas y respuestas pasar como si fueras el aspirante que intenta pelear un set a Rafa Nadal. Las intuyes pero no las pillas nunca. Llegas tarde. Lo intentas como puedes, pronuncias una silaba, parece que alguien te mira y en el momento en que crees que has podido captar su atención, repites por si no te ha entendido y... la pierdes. El fallo es dudar. En ese pequeño titubeo te habrá ganado el tanto la de al lado, siempre atenta, la de enfrente, el móvil o un pensamiento cruzado. Para pelear en el circo de unas Lolis hay que ser decidida y no tener miedo a decir tonterías. Porque ¿De qué se habla realmente en unas Lolis? ¿Del precio de la vivienda? ¿De los hijos? ¿De hombres? No exactamente. Lo normal es que, al comienzo, se traten algunos temas de actualidad relacionados con la política nacional e internacional, los medios de comunicación, algún suceso, cotilleos y después, rápidamente, como quien no quiere la cosa, vamos, vamos, al grano y al lío: belleza, moda y sexo, sexo, sexo. Que si la nueva crema, el maquillaje revolucionario, la mascarilla de nevera que funciona, que si tú estás más guapa, que si tú pareces cansada, que si entiendes a las que se operan, que si estás en una crisis de edad, que si biquini, que si no dejo de tomar el sol por nada el mundo, que si las manchas en la mano son de herencia, que si es mejor un pecho pequeño porque no se cae, que si de cualquier forma quiero unas tetas grandes, que si...

En cada uno de estos envites todas las mujeres se habrán mirado las unas a las otras para buscar disimuladamente o no, depende de la amiga, similitudes y diferencias, ventajas y desventajas, se habrán mostrado las manos, se habrán sujetado las tetas forzando un profundo canalillo, la más plana habrá hecho tabla con la camiseta, la de la crisis se habrá estirado las sienes y la que dice que entiende que otras se operen se habrá atrevido incluso a levantarse, enseñar su figura y girar sobre sí misma imaginando cómo será su yo futuro rebanado. Probablemente, ensimismada en su sueño de portada, apostillará *yo si pudiera lo haría... y puede que lo haga.*

La sección belleza quedará atrás probablemente gracias a una pregunta inesperada y directa del tipo: *¿alguien ha probado el anillito vibrador que venden en las farmacias?* Cuando el sexo se apodera de la conversación, todo cambia. De repente la charla se ordena porque nadie quiere perderse ni un detalle de la vida sexual de los demás. Hasta la incursión en principio más anodina podría enseñar algo, reafirmar o solidarizar en secreto. ¡Cuántas veces se ha visto confirmado un supuesto en LAS LOLIS siguientes gracias a un valiente trabajo de campo! ¡Cuántas decepciones han sido compartidas! ¡Cuánto sexo verbal hay por escupir tras unas cuantas botellas de vino! Trucos, sorpresas, juguetes sexuales, vídeos, bajadas de Internet, fantasías. El sexo crudo puesto sobre la mesa como una geisha desnuda cubierta de sushi.

La conversación sobre sexo puede destapar lo que las participantes de LAS LOLIS llamamos «perrez». El estado en el que cualquiera de nosotras necesita, anhela y reclama echar un polvazo o dos o tres más allá de las fronteras de su pareja o más allá de las fronteras de su imaginación si es que no tiene quien la juzgue. Estar perras, calientes, cachondas, salidas, necesitadas de un sexo distinto. Puede que no todas las integrantes de LAS LOLIS seamos siempre lo suficientemente comprensivas, pero sí somos solidarias. Un vecino pasa por la escalera. «Entra. Tómate un vino. ¿A qué te dedicas? ¡Qué interesante! ¿Desde cuándo vives aquí? No es mucho tiempo. ¿Te gusta la ciudad? Te acostumbrarás. ¿Por qué? ¿Vives solo o con tu chica? Ya te llegará. ¿De qué conoces a nuestra amiga? ¿Tienes amigos? Que sean como tú. Es broma».

Veinte minutos y cinco vinos después, «Debes marcharte. Ésta es una reunión de chicas». Encantadas.

La perra enferma de perrez lo acompaña a la puerta. Lo despide con un beso en los labios. Le pone la mano en el culo. Las demás observan. A coro: «¡Adiós!». Cierra la puerta. La perra se tira de la falda hacia arriba y hace con ella un nudo a la altura de su pubis. Vuelve al grupo. Suspira por el pasillo. Se sienta en el sofá, saca la lengua y jadea. Carcajada general perruna. Turno Lolis. Qué mono, qué polvo, qué bien, hay que invitarlo otro día, qué perra eres, qué loca, qué envidia, tíratelo, polvo no echado polvo perdido, cómo te miraba, tiene 30 años, mejor, es muy pequeño, tiene las manos grandes, hazlo, ahora...

A partir de ese momento rondan dos ideas en LAS LOLIS: una, subir a la casa del vecino para seducirlo en grupo; dos, que suba la perra y luego cuente lo ocurrido con pelos y señales. Pelos como prueba, marcas de «ha merecido la pena».

Al final, como casi siempre, el vecino se libra. No pasa nada. La perrez va y viene como la menstruación, como los ciclos económicos. Por eso unas buenas Lolis deben entenderlo y compartirlo. Juntas. Borrachas.

Una perra se muestra siempre ante sus amigas en todo su esplendor. Más guapa, más simpática, más atrevida, más viva. Es envidiada y alentada. Si no te atreves, que al menos lo haga una amiga. En representación de todos los anhelos compartidos. De todos los vacíos.

LAS LOLIS son tan refrescantes como extenuantes. Tal vuelco de progesterona y ninfomanía verbal sumados a la ingestión de alcohol y el tabaco hacen de la resaca algo tan doloroso como, a veces, vergonzante.

Muchas veces, al día siguiente, los cinco minutos terremoto en las ondas se reactivan para comentar las mejores jugadas de la noche.

¿Y cuando X dijo que nunca esperaría a su marido en bragas porque se reiría de ella? ¿Lo dijo en serio? ¡Qué fuerte lo del vibrador de J! ¡Y lo del ataque de B? ¿Y el beso? Necesita echar un polvo ya. Yo conozco a uno. Ja, ja. M y L se fueron a un garito y acabaron a las mil. M no ha ido a trabajar. Tiene una depre de caballo. La resaca, guapa. Vi un poco mal a H, ¿qué hacemos? ¿Le preparamos una cenita la semana que viene para animarla?

Entre el sexo, el amor, la cosmética y el cariño se cuecen las miles de salsas con las que las amigas endulzan, salan o saturan las vidas. Caramelizadas, cremosas, ácidas y, de repente, por sorpresa, tan desagradables como una mayonesa cortada. Necesarias para dar sentido e imaginación a cualquier plato. Provocadoras de las mismas alegrías y decepciones en la mesa. La lágrima placenteramente ardiente de la loca por el picante ante una salsa de tres llamitas. Frente a ella, el pánico de la sufridora de úlcera, ya frígida de emoción estomacal. Amigas. Complicadas porque está en su condición cíclica el serlo. Imprescindibles si no eres una loba solitaria capaz de amamantarte a ti misma. Sin ellas, a veces, la vida puede parecer más sana, pero es, sin ninguna duda, mucho más insípida.

¿Unas Lolis?

Una noche de sexo con el capitán Garfio

Acabo de consultar el catálogo de regalos insólitos de mi suplemento favorito del domingo. El primer artículo es un portaplátanos. Es una funda de plástico para proteger el fruto. Tiene una especie de muelle en el centro como los martillos de feria. Es de color naranja transparente. Dibuja una leve curva. En el texto leo: «Nunca más tendrás que preocuparte de que el plátano de la merienda salga aplastado de la mochila. Precio: 14,95».

Yo sólo veo un pedazo de vibrador. Consulto con amigos. Todos ven lo mismo que yo. La mamá entrega el almuerzo a su hija para el recreo. Sándwich de mortadela, un zumo de pera y tu plátano blandengue, protegido por su armadura de PVC.

Que no te lo quiten las otras niñas y no se lo dejes a la profesora aunque te lo pida.

Es que me castiga.

Ni por esas.

Me reconforta observar el invento de aspecto fálico cuando pienso que este siglo que nació envuelto en toda clase de malos augurios apocalípticos nos ha dado ya lo mejor que nos podía dar: la normalización del uso y la venta del juguete sexual para las mujeres.

Esta gran buena nueva se debe, en parte, a la venta generalizada de artículos en las farmacias. Ahora en el mismo estante de los preservativos puedes ver lubricantes, cremas estimulantes, pequeñas capsulitas vibradoras. *Sí, por favor, todo el pack sabadete splash y una caja de Paracetamol, gracias* (que siempre viene bien por el dolor de cabeza, la regla, la resaca y todo lo que duela o moleste aunque no sepas de qué se trata).

Lo cierto es que el papel de estos artículos o complementos del sexo ha sido más propagandístico y liberador que efectivo porque como juguetes sexuales son claramente deficientes. No han traído demasiado placer al mundo, pero han sido el reclamo perfecto para universalizar, por fin, el uso de los kits del sexo. ¡Alabado sea quien tenga que serlo (el de la idea) además de todos los valientes que superaron el pudor y los mostraron por primera vez en sus farmacias, aguerridos y aguerridas benefactores de la modernidad!

Los juguetes sexuales femeninos han salido de los cajones en los últimos años arropados además por una publicidad distinta que, después de haber utilizado el sexo como reclamo y cebo de consumidores, ha aprendido a vender el juego sexual como producto en sí mismo. Desde un desodorante a una tableta de chocolate. Todo puede ser un juguetito, un extra. El sexo es el mejor vendedor de productos varios pero el concepto sexual más tórrido se aleja ahora de la venta de sus propios productos asociados. Por esa razón han cambiado tanto los anuncios de preservativos. Ya no te prometen un intenso placer, entre otras cosas porque ya sabemos todas que no son ellos los que lo pueden garantizar. Y ya no terminan con ese plano de mano de mujer que apaga la luz de la mesilla, fundido a negro y gemido, jadeo, gemido, jadeo, jadeo, gemido largo sobre el logo. Los spots de condones ya no venden satisfacción sino diversión. Da igual que la marca se esfuerce en sacar el preservativo más fino de la historia de los condones, da igual que hayan inventado nuevas tramas, estrías, arrugas, sabores u olores, niveles de elasticidad, seguridad. Lo importante es que el sexo es divertido y que (ahí va la segunda lectura) no usar el condón te puede joder la fiesta. Ésa es la historia.

No cabe duda de que la labor propagandística ha sido fundamental para el avance del juguete sexual y para que conquistara las mesillas. En ella está incluido, evidentemente, el boca a boca que, por fin, se abre con libertad para hablar de tipos de consoladores. Farmacias, anuncios, amigas... sólo son las señales indicativas que llevan ya a miles de mujeres hacia la fábrica del placer y del juego. Un lugar fascinante y redentor: el sex shop para mujeres, mezcla de templo del placer y tienda de barrio.

Cuando tu madre descubre tu primera bala plateada no sabe si es el último stick iluminador de Dior o el tornillo que le falta a esa mesa pure design que te has comprado hace un par de semanas. Tu madre nunca sabrá quién eres. A esa primera reflexión madura habrás llegado sin dificultades. Nos pasa a todas. No te preocupes Lo que no has llegado a pensar es que vivir es compartir y puede ser que un buen consolador o vibrador sea el que os ponga a ti y a tu madre a charlar definitivamente en el mismo plano sin los traumáticos y agotadores cruces del yo, el súper yo y todo eso. Un buen dildo sobre el que chascar y se quitan las tonterías pero rápido. A tu mamá también.

Conocer a las mujeres también es conocer cómo son sus vibradores/consoladores. En un sex shop del siglo XXI podemos encontrar juguetazos más masculinos y representativos del miembro viril como pollas de látex, silicona, falos enormes de diámetros a primera vista dolorosos; y, por otro lado, juguetitos más femeninos que nos recuerdan por sus diseños al juguete infantil clásico. Para quitar hierro al asunto, que no dureza, nada mejor que entrar en la locura de los materiales, las texturas y los colores gominola. Malvas, verdes fosforito, rosa chicle, purpurinas. Cabezas de gusano, ratoncitos vibradores, prepucios de delfín, caritas sonrientes perfiladas en un glande móvil, elefantitos anexos al vibrador para estimular el ano y el clítoris... En definitiva, todo menos un pene de toda la vida. ¡Que eso está muy visto!

¡¡¡Niña!!!! ¡¡¡¡¡¡¡Apaga el Gusiluz de una vez!!!!!!!! ¡¡¡Un poquito más, mamá!!!

Un buen paquete de gominolas puede arreglarte una tarde de domingo. Los animalitos y sus falo-reproducciones también. ¿Por qué muchas mujeres buscan en un vibrador/consolador un amigo más que un macho? Pues probablemente porque no están buscando un sustituto sino algo diferente. Más relacionado con su tiempo. Su secreto. Su pestillo. Su placer.

Las ventas tampoco se decantan hacia tamaños demasiado exagerados. De 18 a 20 centímetros es más que suficiente. La penetración no está tan de moda en el mundo del juguete sexual femenino como los artilugios de estimulación exterior y clitoriana.

¿Y tú qué eres, vaginal o clitoriana? Ponme un par de cada que ya pruebo yo.

Seas como seas, para disfrutar de cada centímetro de ti es importante el entrenamiento. Eso nos lleva de cabeza o todo lo contrario a las bolas chinas. Inmejorables para salir a bailar. Si ves un par de chicas en una pista de baile mirarse y achinarse los ojos entre risitas cómplices, ya lo sabes: las están moviendo. Tanto gimnasio, tanta máquina y tanto descolgamiento de tríceps. Hay que preocuparse un poco más por la tonificación de los músculos de la vagina y dejar de mirarse el abanico que cuelga entre la axila y el codo. Tanto miedo a que cuelgue el pellejo y no te acuerdas de reforzar tu músculo favorito. El que sientes y no ves, el que puede mantenerte joven para siempre. Tu túnel del tiempo.

Está claro que el factor *Y si me pillan* puede ser determinante en la elección del juguete sexual.

¿Qué preferirías: que la policía de aduanas de cualquier país descubriera en tu maleta un pollón como el mango de un paraguas o una cosita divertida que parece más una piruleta que otra cosa?

No, perdona, no es una grabadora portátil. ¡Alelao!, que te van a colar una bomba cualquier día de éstos.

Ése es, por ejemplo, el sentido de todos los estimuladores que no utilizan la anatomía masculina como modelo sino que perfilan en sus formas las carencias de ésta. Auténticos iconos del diseño, pequeñas comas ovaladas extrasuaves que se adaptan a todas las partes de tu cuerpo, guantes estimulantes a 45.000 pulsaciones por segundo, botones imposibles, marchas interminables. Cada vez más silenciosos. Cada vez más discretos. Lo que quieras. Tú puedes imaginarlo. Otro ya lo habrá inventado.

El inconveniente de estos sofisticados diseños es que la asistenta puede confundirlos y dejarlos en esa minicesta que te has inventado para los mandos a distancia (posible cenicero para doce, pieza de cristalería sin sentido, cochecito de madera o cubo para lápices) y luego a ver quién le quita el juguetito al niño cuando corra por la casa como un atleta con tu vibrador como antorcha. Tu vibrador en el Excalextric, tu vibrador luchando con dinosaurios, tu vibrador en el karaoke infantil... *¡El micrófono da vueltas! ¡Qué guay!*

Si la asistenta se encuentra un pene de látex clásico sabrá dónde guardarlo pero esa especie de bumerán como un capullo en flor puede acabar en cualquier sitio visible. Tú sabrás qué riesgo prefieres correr. Que tu hijo se lo lleve en la mochila al cole o que la vecina te interrogue sobre el nuevo adorno que se balancea en la estantería. Elige entre llevarte la bronca de la directora del colegio treinta años después o dar un cachete a la vecina cuando se tire a por él. Lo que es el instinto. Puede con todas. *Se mira pero no se toca, Paqui.* Para ahorrarte problemas lo mejor es explicar a la asistenta que si tu bumerán del placer sale de la mesilla es para volver a ella. Sin escalas más allá de tu entrepierna.

¿Y el hombre y el consolador? ¿Y los hombres y los sex shops de mujeres? ¿Cuál es su relación? ¿Se entienden? ¿Se aceptan? Muchos se sienten profundamente incómodos en este tipo de establecimientos porque en ellos se dan cuenta de que no vale todo, de que hay otros recursos. Llámalos energías alternativas. Se dan de cara con la verdad más cruda: no saben tanto como creían de la sexualidad femenina. Tampoco saben tanto como deberían. Saben más bien poco y se sienten abrumados por la diversidad de las respuestas, por el guantazo de vulnerabilidad al descubrir que se pierden en los tópicos. El enfrentamiento hombre-consolador siempre es tenso, poco amigable. El macho perdido entre un bosque de floridas especies de dildos de colores no puede evitar sentirlos como sustitutos y, por tanto, como seres amenazantes. Sujetos a la comparación se dejan llevar por el miedo futurible del *después no voy a gustar* y acaban siendo devorados por su propio temor, tendidos bajo una maraña de glandes que se enroscan sobre su cabeza cuadrada de macho atacado.

Si alguna vez el cargador de tu vibrador desaparece misteriosamente de esa cesta que te has inventado esta vez para los cargadores, sospecha del hombre que vive contigo. Una cosa es que te fundas los circuitos de tu juguete porque has decidido que si lo puedes lavar por qué no vas a poder meterlo en el jacuzzi del hotel de Pipa con lo calentita que está el agua, y otra distinta es perder el cargador, tú, que nunca pierdes nada. Una cosa es que después de haberlo sumergido te plantees la peligrosidad de la combinación corriente y agua, y el efecto de la descarga en tu clítoris, y te pongas como una moto, y otra muy distinta es que no tengas opción de reanimar tu juguetito cuando se le acabe la pila. Tú te la juegas en la bañera pero no pierdes los cargadores. Para eso te has inventado una cesta (posible caja de zapatos, macetero de Ikea o ensaladera metálica). Sospecha. Presérvalo del ataque del enemigo. Ocúltalo guardado en su caja o funda junto a su cargador o fuente de energía y, por favor, al hacerlo, sé original. Busca un buen escondite. El cajón de la ropa interior, no. Das para más. Entre los perfumes, no. No eres una cursi. El armario de la cubertería, no. Tampoco hay que ser tan cerda. Dentro de un calcetín, no. Te va a cortar el rollo. En el bolso everyday. Tampoco es eso. Lo mejor es recurrir a la mesilla de toda la vida y su imponente carga de privacidad o que te inventes una tercera cesta para guardarla dentro de tu armario. La cesta de los juguetes donde reunir todos tus muñequitos para que hablen entre ellos y se cuenten sus cosas (posible joyero labrado, antiguo maletín de los vestidos de la Nancy, merendera metálica o portarrollos de ganchillo. Todo menos una bolsa de seda o terciopelo. Que no son pijamas). Norma fundamental: cuida de tus juguetes y no los dejes al alcance de los niños. Si eres buena, quizá, algún día, puedas incluso tener un amigo invisible.

Quizá, incluso, con mucha, mucha suerte, ese hombre que vive contigo te pille con tu juguete y, asumida su presencia y entendidos sus beneficios, se sume. Entonces, tendrás además de tu consolador/vibrador para ambos un juguetito vivo entre manos que entre otras muchas ventajas no requiere de cargador.

Pero antes de que te toque esta lotería tiene que producirse el encuentro. ¿Cómo llega una mujer hasta el consolador o el consolador hasta la mujer? ¿Cómo encuentra, por fin, su consuelo? Una buena oportunidad es hacerte un shopping improvisado con amigas, preferiblemente cualquier día después de una comida en la que han caído una cuantas botellitas de vino. Las compras en masa son divertidas, desinhibidoras y muy, muy cachondas. Unen mucho y permiten automáticamente el consejo y la retroalimentación posterior. Un catálogo de juguetes y un montón de amigas para probarlos: ¿hay mejor estudio de mercado? También está la opción de hacer un tupper sex, una compra semiclandestina por lo de hacerla a domicilio, que puedes planear con unas cuantas amigas o sola. La última opción tiene menos gracia porque te va a sonar a lo de Avón pero sintiéndote una viciosilla.

Ya le he dicho que, aunque huelan bien, éstos son lubricantes con un toque de anestésico para favorecer la penetración anal. No son geles de baño. Lo siento. Ya. ¿Y la crema frío-calor elimina la celulitis? ¿Tendría alguna muestra de sombras de ojos?

¡Cuánto daño hicieron la señorita pepis y la venta por catálogo! Nuestra obligación es erradicar la visita a domicilio en la medida de lo posible. Hay que salir a la calle a buscarse las castañas. Desear lo que temes es parte del juego. Por tanto, el tupper sex es sólo admisible en casos de extrema timidez.

La mejor forma de acudir por primera vez a un sex shop es hacerlo cargada de deseos y problemas, miedos y dudas y sola.

Hola. Tengo más de 40 años y no sé qué es un orgasmo. Tengo cinco hijos y creo que nunca me he corrido.

Cuando esto ocurre, una dependienta-terapeuta sabe que algo empieza. Estas mujeres no recuerdan el placer y por eso buscan un juguete. Tiene que ser secreto. Ya llegará el momento de descubrir, de comentar y experimentar, de intentar seducir a tu pareja, de invitarlo a participar, de probar tu juguetito vivo sin miedo a que se rompa, de hacer de tu dormitorio el más surtido sex shop, tu propio laboratorio de ensayo, el vuestro. Pero, ahora, primero, el momento pestillo. Todo lleva su tiempo. El sexo, más.

Los sex stores de barrio se convierten en esta primera fase en salas de terapia, aulas del sexo, lugares para preguntar, para responder, para curiosear. Algunas de las valientes que, después de haberle dado vueltas durante años, se deciden y acuden a un sex shop no se conocen. Literalmente nunca se han mirado el coño. Jamás se han abierto de piernas frente a un espejo ni se han separado los labios en busca de. Saben cuál es la posición de la vagina porque un día tuvieron que ponerse un tampón. Pero nada más. Pregunta en voz alta: *¿El pis sale por el clítoris?* Respuesta en silencio: *Tu coño te da miedo, pero eso cambiará.*

Si no conocen su mapa geográfico genital, menos aún sabrán sobre recorrerlo con las manos. Si no se han atrevido a observarlo con los ojos, cómo imaginar el superlativo del sentido del tacto.

Las mujeres mayores de 45-50 años y clientas de sex stores, después de asumir su ignorancia corporal, se arrancan a soltar miedos y pudores paulatinamente. El sexo anal parece ser en la escala de los temores el top one. Les parece sucio y les aterrorizan expresiones como *tirarse un pedo* o *cagarse*. Llegados a este punto, que no es el punto P, por definición masculino, arranca el aprendizaje de la lubricación y, con suerte, una sabia lección de regalo de una terapeuta-dependienta de sex shop: *Ambos sexos tienen culo*. Muchas mujeres heterosexuales responden que sus parejas quieren disfrutar del sexo anal pero unidireccionalmente. La terapeuta-dependienta, entonces, puede llegar a mostrarse inquieta y cabreada y añadir *Si no está dispuesto a dar su culo, no le des el tuyo. No se lo des hasta que no se lo gane.* Así se las gasta un sex shop de mujeres de los que valen la pena. El conocimiento de tu cuerpo también es el reconocimiento de su valor. Tu autoestima debe experimentar una erección previa al orgasmo para encontrar el camino correcto. Después ya llegará, como dice una amiga, el *Me corro, Pacorro*.

Lo más peligroso, en cualquier caso, es no asumir la propia ignorancia sexual. Si dejamos atrás el espectro de mujeres 40-50 años, el más osado, sin duda, es el de las treintañeras que creen que lo saben todo y que no tienen limitaciones. Las que van sobradas. Pueden ser mucho más conservadoras que sus madres, pero tienen la extraña habilidad de saber echar balones fuera sin que se note ni una pizca. Ir de enteradas y hastiadas de todo. Conservar la curiosidad pero sacrificarla por pereza o por vergüenza. Dejar de buscar. *Yo fui a un colegio de monjas. Mira, la M con la A, MA.*

La ignorancia de nuestras iguales causa confusión y lástima, pero la ignorancia de otros puede llegar a ser peligrosa. Que a estas alturas un médico pueda decir a un par de lesbianas que no se preocupen por las enfermedades de transmisión sexual es de retirada de carné. Y estas cosas ocurren. Así está el patio y mucho peor la cama. Que alguien dude de que un calentón con desconocido/desconocida sea igual para todo el mundo es tremendo. Un segundo día siempre es un segundo día. Con todo lo que ello pueda acarrear.

Con meteduras de pata de esta envergadura y los ejemplos que nos brinda cualquier sex shop es lícito preguntarse: ¿estamos viviendo realmente una nueva revolución sexual? Los que se dedican a estudiarnos, esos personajes fascinantes que puedes encontrarte en la vida una vez o ninguna, dicen que hay un mayor atrevimiento, una creciente curiosidad y un sentimiento de culpa que pierde fuelle. La curiosidad, al alza; la culpabilidad, en descenso; el pecado, al trastero. Pero ¿eso puede considerarse una revolución con todas sus letras? ¿Se está apoderando totalmente la mujer de su vida sexual? ¿Comprende su poder? O ¿simplemente habla más de ello y con menos miedo?

Las que se atreven a adueñarse de su curiosidad y a utilizarla como un arma que favorezca su placer necesitan tiempo. No va a ser de hoy para mañana. El aprendizaje es lento y el cambio, largo. Pero una vez que empieza a rodar sin temor puede pasar de un salto de la balita vibradora a los juegos de fetichismo duro. Lo más lógico es ir liberándose y permitiéndose cosas. Dejarse intuir.

En el pico de la liberación y el descubrimiento están las citas por Internet, los locales de sexo en vivo y el BDSM (Bondage, Disciplina, Dominación y Sumisión, Sadomasoquismo). La sexualidad extrema o no convencional conquista los portales sin hacer ruido. Unos buenos cardenales pueden ser evidencias de muchas cosas; entre ellas, estigmas de placer. Hay mucha vida privada llena de eso. Mucha, mucha. Corsetería a medida, fetichismo rebuscado, el poder y la sumisión, una barra inglesa en el armario. Y de ahí a la fascinación por la sofisticación mucho más allá de una simple Torture Garden (fiesta del fetichismo) o del gótico oscuro. Hasta donde dé tu imaginación.

Hazlo. Utilízalo. Busca tu capitán Garfio, sea de carne y hueso, glastomer, metal o un dibujo animado. Permítete lo que se te ocurra y lo que no te atrevas a pensar. Date un cariñito. Quiérete. Deja de culparte por sentirte viva. En todo esto de buscar y acercarte a los juguetes sexuales o a su iconografía sólo hay algo que puede no tener gracia principalmente para una misma: el exhibicionismo no calculado de las despedidas de solteras. Ponerse una polla de silicona en la frente que encima se ilumina y lucir un mandil estampado de miles de glandes mientras un séquito de probables amigas canta alguno de los hits en castellano puede ser un momento muy duro en los álbumes de fotos de muchas casas, tantas como gente te vea pasar. Si estás segura de que dos días después no te vas a arrepentir, estupendo, pero reflexiona antes de disfrazarte porque esa noche vas a tener un pedo que te cagas, pero el resto de tu vida, con un poco de suerte, vas a estar principalmente serena. Si te has negado desde el día de su salida al mercado a ponerte un miniparaguas-diadema multicolor en la cabeza, una visera con ventilador incorporado o unos cascos con soporte para refresco y pajita que rodea el cuello, ¿qué haces con un cubata biberón, cuya tetina es un enorme pene, subida a la fuente de la plaza de tu ciudad ordenando a tus súbditas *¡Chupad, chupad!* ante el estupor de tu madrina y sus amigas de parroquia? Siempre habrá alguien que te dirá *¿Te acuerdas de aquel día en que te subiste a la fuente y vomitaste después en tus zapatos de novia? ¿Te acuerdas de lo que dijiste a tu prima cuando la sacudiste con la polla de goma? ¿Te acuerdas de cuando hiciste el estriptis integral y después te pusiste el mandil y te fuiste al polideportivo y te corriste la milla? ¿Te acuerdas?*

A las demás no se las ve. Ellas sí van disfrazadas, pero tú eres la reina, la diosa, la que será recordada. La que lleva la banda y la corona. Si tienes suficiente sentido del humor y sobre todo suficiente morro para afrontar lo que los libros puedan decir de ti en los años venideros, sal a la calle y cómete el mundo o lo que se te ponga por delante. Si no, asume una despedida más discreta y, en lugar del atrezzo perecedero, pide a tus amigas que te regalen un buen amiguito multimarchas que te acompañe en tu mesilla, en tu baño, tras tu pestillo. Disfruta, mírate, tócate y, sobre todo, por favor, no te despidas nunca de nada. Para eso eres la reina, Miss Polla 2008.

No vuelvas a reírte de Paco Rabanne porque pasó el 11 de agosto de 1999 esperando que cayera la nave MIR sobre París si tú también llevas una antena en la cabeza. No te rías de sus predicciones ridículas, sólo siéntete orgullosa de no tener miedo. Te gusten o no las despedidas, quieras experimentar o dormirte en los laureles, visitar un sex shop o construir casas de muñecas, hagas lo que hagas no temas. Las predicciones apocalípticas de la entrada del siglo XXI no se han cumplido. La gran sorpresa de este siglo es que pasamos sus primeros minutos asustados por una u otra cosa, el euro, el avión, la MIR, la secta de al lado, el ordenador, el banco que no abría, los calendarios, el 2, el 0... Pero el día 1 de enero de 2000 fue un día de resaca más y unas semanas después lo único que pudimos comprobar es que la llegada de nuestro querido euro no destrozaría el planeta pero sí nuestros bolsillos a corto plazo.

La normalización del uso y la venta del juguete sexual sí es un fenómeno novedoso y es fruto de la primera década de este nuevo tiempo. La revolución es ver un vibrador con forma de alcachofa y no esconderlo en la cesta de las verduras. Tu propia revolución puede esconderse en una mesilla o decorar tu baño. Acompañarte en el bolso o acaparar tu joyero. Tú eres cien años nuevos. Que el siglo XXI te traiga tu calentamiento particular y el poder de controlarlo a tu antojo. Deshiélate. Del cielo no cayeron ni caerán fuego ni humo. Nadie descenderá para juzgarte.

Lifting de la manzana envenenada

En los cuentos de hadas las princesas son las guapas y las brujas suelen ser las feas aunque a mí me guste mucho más la madrastra gótica que la propia Blancanieves. Hay guapas buenas y feas malas y con eso, supuestamente, queda cubierto todo el espectro de niñas-futuras-estupendas mujeres. El problema es que en los cuentos nunca estuvo previsto un tercer personaje: el de la fea que quiere ser la guapa y va a una clínica de cirugía estética y sale transformada en algo intermedio. Ya sé que el patito feo se transformó en un hermoso cisne pero fue por sorpresa y por crecimiento natural, no por la intermediación sopesada del propio sujeto. Vamos, que no es el caso.

Los cuentos populares no nos prepararon psicológicamente para lo que estamos viendo y no estoy hablando del photoshop. No nos prepararon para entender la uniformización facial en una sociedad educada en el individualismo. Nosotros hemos aprendido jugando al *¿Quien es quién?* que ahora tendría que mutar hacia un *¿Quien era quién?*

Empieza a resultar difícil distinguir los rasgos de unas y otras víctimas del quirófano. Y ellas no tienen la culpa. Ser hermosa y conservar la juventud no es precisamente un sueño del siglo XXI, pero las opciones de chapa y pintura milagro, sí, y el engaño, también. Eso es lo criticable. Operación ITV: *¿Me pone usted el cuerpo como nuevo? Quíteme lo que me sobra que tengo hambre y quiero volver a comer.*

Los milagros no existen.

Hay muchas técnicas aceptables para, con dignidad, mejorar el aspecto de cualquier mujer, pero hay otras absurdas, abrasivas y destructoras, ya no sólo de la arruga sino de la identidad. La arruga no da personalidad, como dicen las antibisturí, pero borrar tu cara del mapa y convertirla en una máscara de papel de seda tensada cual piel de tambor tampoco es productivo. Sobre todo porque puedes perder la conciencia de ti misma y no reconocerte ante el espejo. Eso, sumado a que tus amigos no te saluden por la calle porque no sepan que tú eres tú.

Y eso debe de doler.

¿Y las fotos de la infancia y la adolescencia, qué? ¿No las vas a volver ver? ¿Ni a enseñar? ¡Nadie va a reconocerte en la foto de grupo! Tus recuerdos perderán su significado y su coherencia. Aquel paseo en el parque: *¿A quién se parece la niña? A mi madre. A un tío suyo. A la familia de mi abuelo. No, ¡horror! A Ursula Andrews con 80 años.*

Y no ser tú para los demás debe de ser duro, pero no ser tú para ti misma debe de ser lo más cercano a una mala noche de angustia e insomnio. ¿Cómo se vive el proceso de aceptación de un nuevo yo? Es como si, de repente, te sale una hija de 20 años de la cómoda oliendo a almidón o una tía abuela que sabías muerta. Fantasmas, no, por favor, que puedes acabar como Melissa en *Falcon Crest*. Una empieza por no reconocerse a sí misma y acaba viendo unos doberman en el salón. Si cuando te cortas el pelo necesitas una semana para autoadivinarte antes de mirarte en el espejo, ¿cómo será encontrarse con otra cara, con otras tetas, con un Picasso?

Hace un par de décadas hubo más de una cara famosa que acabó retorcida por un mal retoque. En aquel momento parecía que algunos cirujanos plásticos jugaban con el rostro de sus pacientes como si fuera un puzle y al colocar las piezas de los ojos se les iba un poco la mano. La sensación era extrañísima. Los ojos se aproximaban o quedaban desnivelados, como en dos pisos distintos. Eso por no hacer referencia a algunos estrabismos exacerbados, que nunca se recuperaron. Eso ya no ocurre con tanta frecuencia y la experiencia acumulada ya no deja entrever con tanta precisión el remiendo de tus propios trocitos. Sin embargo, en la actualidad, el cuadro final puede, en casos dramáticos, habitualmente fruto de la reincidencia, no corresponder con nada reconocible. ¡Adiós al cubismo estético! ¡Bienvenidos al no sé qué!

La sensación estética ocular actual recuerda mucho más a esa imagen de una película de la década de 1980 en la que un chaval, en un intento agónico de no caer dormido, sujetaba sus párpados con palillos a modo de miniandamio. Probablemente *Pesadilla en Elm Street X*. Así son muchos de los ojos con los que nos cruzamos ahora por la calle. Con el lagrimal en un esguince permanente.

¿Cómo caerán en ese caso las lágrimas? ¿Se llorará igual?

Extiende una de las manos hasta el extremo y fíjate en la curva entre pulgar e índice. Extiende un poco más. Esa especie de goma dura y tensa que mantiene tu dedo pulgar unido a sus hermanos se parece mucho al lagrimal de Michael Douglas o Robert Redford. ¿Habrá ahí un pozo de lágrimas? ¿Cuenca al menos para albergar un poco de pena? Seguro que algunos no pueden ni tan siquiera llorar por el destrozo. Entre otras cosas porque, con o sin lágrimas, esos ojos siempre están riendo.

El gesto, esa característica tan importante que gracias al estilismo y el diseño pueden tener el pelo, el vino y un montón de cosas más que no sólo personas..., te puede cambiar y eso significa que, a primera vista, puedes pasar de ser una simpática estupenda a una sorprendida permanente o, mucho peor, a una estirada borde y lejana.

Probablemente a esa tirantez facial se sumará ese retoque que parece que regalan en la clínica. *¡Aumente su pecho y nosotros le amorcillamos los labios gratis!* Ya no está claro si hay más silicona al peso en los escotes o en las fauces. La sensación estética es tremenda. De esa tensión que parece partir de sienes y articulación mandibular a la vez, que pone las venitas de los pómulos en aprietos, de los vértices de esos dos finos triángulos que tiran de la cara hacia las orejas, de ahí resurge a lo bestia una explosión de morros con el efecto contrario, como ejerciendo la fuerza opuesta, hacia fuera y hacia delante, hacia el espectador. Aparte de que es un cante porque se ven venir a kilómetros de distancia, además de eso, los labios como dos salchichas playeras de esas que cruzan el horizonte para destrozarte la puesta de sol, rebotan uno contra el otro deformando las palabras y de paso soltando algún escupitajillo. No tienen sentido, aunque los regalaran. Las que se pasan con las bocas están más feas, parece que se pelean cada noche en un callejón y además no pueden defenderse verbalmente porque no se las entiende. Un toquecito para eliminar el código de barras pase pero ese labio superior inmóvil que pierde su depresión central natural en un estiramiento que hace daño sólo al verlo, no. ¿Cómo serán los besos de una bombi del labio siliconado? ¿Se parecerá a darte de bruces con un flotador? ¿O a morrearte con un globo lleno de agua a presión? ¿Y qué pasará con el frío y el calor? ¿Y los helados? ¿Y el café ardiendo? ¿Cuál será la sensibilidad de un labio inflado? ¿Correrán peligro si no atinas con la banderilla de anchoa y guindilla? ¿Correrás peligro si te colocas muy cerca de una barbacoa?

Tantos años peleando con las calenturas y resulta que muchas mujeres creen que el efecto favorece.

Aunque nunca te hayas tratado, puedes intuir cómo se consiguen esos morros, pero ¿y el botox? Lleva su tiempo asimilar lo de que inyectan una toxina que paraliza el músculo, por lo tanto, borra la arruga y evita su pronunciación futura, pero que se pasa el efecto y entonces la cara se te cae, pero, como no quieres que se te caiga, te pones más aunque no sea bueno porque, como es una toxina, como su propia familia indica, pues no debe de ser muy bueno abusar, y entonces hay que descansar y dejar que se elimine pero, claro, se pasa el efecto y hay que salir a la calle y hay que explicar que no es que tengas mala cara es que se está pasando el botox y al final te pinchas antes de tiempo y, bueno, no la eliminas y eso repercute en el efecto de la toxina y vuelta a empezar o a seguir o a acartonarse del todo...

Es, por tanto, un ciclo interminable. Un sufrimiento añadido. Un milagro a la venta.

Pero caduco.

Es muy complicado distinguir con acierto las fases del botox. Lo único claro es que ciertas mujeres conocidas tienen semanas de 45 y semanas de 55. Hay frentes que no se arrugarían ni pasando dúplex en una partida de mus. Si te fijas en los últimos años de Nicole Kidman, ya no la reconoce ni la madre de Tom Cruise. Es otra chica. Hace unos años era espectacular al natural, con sus rizos y su cara ovalada. Ahora parece que vaya a sacar una espada láser u otro invento extraterrestre y te vaya a fulminar de un disparo. Porque, además de estar menos guapa, parece menos contenta.

¿Por qué mujeres tan ricas y tan famosas, aconsejadas por los mejores especialistas y con un grupo de asesores de imagen tan numeroso como un equipo de fútbol, permiten masacres que destruyen prematuramente su belleza?

Ellas, las más hermosas, ¿a quién se querrán parecer?

Las otras mujeres, las que no son referentes estéticos, acuden al cirujano plástico con un collage de papel cuché. Van con el recorte en la mano. La obra es una máscara desproporcionada con los ojos de Angelina Jolie, la boca de Inés Sastre, la nariz de Cate Blanchett, las tetas de Salma Hayek y el cuerpo de Halle Berry.

¿Por cuánto y para cuándo lo puedo tener que es febrero y llega el verano? Soy cirujano, no Dios. ¿Y las orejas de Arwen, la elfa? Es que sale muy guapa en la peli. Claro, señora, porque es un cuento. Cómprese un Mr. Potato y vuelva la semana que viene.

Si después de pasar por el quirófano a esa señora no le piden autógrafos por la calle, ¿presentará una reclamación?

A todos los peligros para la imagen hay que sumar los que conlleva siempre someterse a una intervención quirúrgica y enfrentarte al gran olvidado de la cirugía estética: el dolor.

¿Nadie se ha parado a pensar en que duele un montón?

El paso del infierno del sobrepeso al cielo del vientre plano es un buen ejemplo: el purgatorio de un postoperatorio de una abdominoplastia. Una víctima asegura que lo peor no fue el drenaje, sino que cada dos minutos se hacía pis. Y eso, podéis imaginarlo, debe de escocer y doler. Ahora está encantada pero cada uno de aquellos días lamentó su decisión. Depilarse duele, operarse duele. No hay que olvidarlo. También es verdad que después la mayoría de las que sufren dice que compensa.

Allá cada cual con sus penurias y sus dolores.

La parte más íntima de la cirugía plástica es muy profunda, respira agazapada bajo varias capas de piel. Es más sencillo e instructivo fijarse en lo que sale de ojo, en definitiva, en los estragos de la locura por el bisturí o las toxinas. En esos rasgos que ya comparten miles y miles de mujeres y hombres de todo el mundo. Esos rasgos, que curiosamente, nos orientalizan. El estiramiento hace que, inevitablemente, en la destrucción de la arruga se achine la mirada. Mientras tanto Oriente occidentaliza a sus iconos estéticos y sexuales. El mundo al revés. Otra vez. Es curioso ver cómo el territorio manga y el erotismo hentai no representan para nada a sus creadores y principales consumidores. Ellos venden cómics y películas con personajes de ojos almendrados, tremendas curvas, redondeces y órganos sexuales desmedidos, niñas pechugonas y hombres superdotados. Todo de lo que no pueden presumir según las estadísticas.

Y desde Occidente el abuso del quirófano acaba por convertir los ojitos en dos puñalaítas en un tomate.

Ese abuso, esa distorsión de la realidad, ¿por qué llega a producirse?

Empiezas a quitarte el vello y acabas sin un pelo en el cuerpo. A la cuarta sesión ya te sobran todos. Querías reafirmar el pecho y acabas construyéndote una ensaladera con la que pierdes el equilibrio. El médico no va a ser siempre el culpable aunque, por lo que se ve, más de uno tiene o muy mal gusto o pocos escrúpulos.

Me pregunto cuánta verdad habrá en una consulta de cirugía estética.

Quiero la piel de Natalie Portman. Para eso habría que quitársela a ella y ponérsela a usted.

Excepto en contadas ocasiones los milagros estéticos no existen por mucho oro del Jordán con el que te pringues. Un masaje es un masaje por mucha tailandesa que te esté pisando los omoplatos.

No vas a ser más alta después.

A pesar de la uniformización, el coste y el peligro, el abuso absurdo de la cirugía estética continúa.

¿Habrá alguna artimaña adictiva en los tratamientos o en los postoperatorios para que nunca sea suficiente? ¿Por qué hay quien, por ejemplo, se engancha al aumento de pecho hasta que deja de verse los pies y los del que tiene enfrente? ¿En qué momento se pierde el control y se pasa de estar más mona a ser una mona más de la jaula de las irreconocibles?

Yo no sé cómo ocurre, pero ahí están las miles de mujeres que tienen una gemela quirúrgica por el mundo. Una o unas cuantas. *Espejito, espejito, ¿soy la más guapa del reino?* No vale echar la culpa a la madrastra y mucho menos al espejo. Tú también has visto con tus propios ojos los desastres de una mala utilización de la cirugía y los tratamientos estéticos. Los vemos a diario en revistas, televisión, cine y en más de un gimnasio de los de a matrícula como mensualidad de hipoteca. Está ahí y es un horror.

Por lo tanto, no te dejes llevar por la locura del remiendo total y no te conviertas en una Frankenstein de golpe. Hazlo poco a poco, prueba, investiga y experimenta sin dejar en algún quirófano los restos de la estupenda mujer que eres. No pierdas nunca la referencia de quién fuiste.

Domina las técnicas que están a tu servicio y no permitas lo contrario.

Si no, llegará el día en que no necesitarás mirarte al espejo porque te podrás ver en la cara de las demás perdidas. Piensa que tu boca y tus ojos nunca volverán a su sitio. No sonreír es chungo pero igual de espantoso es no poder estar triste porque el estiramiento no te lo permite.

Siempre hará viento en tu cara aunque no vivas en Tarifa.

Y eso debe de doler.

Espejito, espejito maltratador

—Espejito, espejito, ¿quién es la más bella?

—Tú, no.

—Espejito, espejito, ¿lo fui alguna vez?

—Tú, nunca.

—Espejito, espejito, ¿podré serlo algún día?

(Entra música promocional con la voz en off de Constantino Romero).

—¡Ahora sí! Gracias a los últimos avances logrados en nuestros laboratorios, gracias a la dedicación y el talento de nuestros expertos, tú podrás llegar a ser lo que siempre has deseado. Nunca fuiste la más guapa. Y ahora, encima, eres más vieja. Pero... ¡No desesperes! Ser la más bella no te costará tanto tiempo y dinero como crees. La revolución cosmética lo hará por ti. ¡Cree en los milagros! Porque, pagando, puedes.

La confianza en la efectividad de una crema es directamente proporcional a lo inflado que esté su precio.

No somos capaces de confiar ni un segundo en el pobre vendedor a domicilio de aspiradoras de última generación, pero somos capaces de pagar lo que sea por un minifrasco, en manos de una desconocida, avalada únicamente por su palabra. *Ésta va fenomenal. Es la que uso yo. Resultados en dos semanas. Vaya si lo notas.*

Eso sí que es fe y no lo que confusamente sentías hace 30 años en el mes de la virgen (mes de mayo por si has logrado olvidarlo).

¡Ciega, más que ciega!

Perdemos no sólo el control de nuestro yo racional, sino también la ayuda siempre precisa de nuestro instinto, envueltas en los olores de la planta baja de cualquier Mall de renombre en el mundo. El olor de ese lugar, ese perfume que nosotros creemos fruto de la mezcla de todas las tentaciones que nos rodean, debe ser en realidad una única fragancia prediseñada como una sofisticada droga para endulzar y empalagar nuestras neuronas hasta adormecerlas por completo. Somos serviles y dóciles ante cualquier mostrador lleno de frascos de pruebas. ¿Tiene eso algún sentido, alguna lógica? Dejamos que nos espolvoreen, unten, toquen y embadurnen sin apenas rechistar. Jamás permites que el olor de tu body milk y tu perfume se mezclen y una tal Sta. López es capaz de ponerte en dos minutos más acaramelada que un tocinillo de cielo sin que digas ni mu.

¡Hueles a postre! Pues yo no lo noto.

Síndrome de la pituitaria anestesiada.

Una vez inmersa en esta borrachera de consumo cosmético hay ciertos parámetros que, como una buena fragancia global, guiarán tus idas y venidas por los mostradores, tu colección de tiras de papel chorreantes de eau de toilette y, en definitiva, la samba que vas a dar a la visa. Por ejemplo, en el caso de las cremas faciales, al contrario que en el caso de los perfumes y las aguas de colonia, la miniatura del frasco o continente es determinante. Cuanto más pequeño sea a nuestros ojos, más valioso nos parecerá su contenido. El material del que esté fabricado también resultará determinante. Si es transparente, nos parecerá seguramente vulgar o de farmacia; si es completamente opaco, sospechoso o de farmacia; el traslúcido será, sin duda, el triunfador. A no ser que, sea como sea el frasco, responda a una de las marcas que utilizan las superfamosas y cueste más que un buen bolso, entonces dará igual el tamaño, la forma, el olor y la textura, como si te lo venden a granel. En ese caso tú no estarás ni anestesiada ni emborrachada ni nada. Serás una soldado determinada a cumplir con tu objetivo: fundirte la extra de Navidad en el mes de septiembre en pos de una mejora sustancial de tu piel para no cambiar de calendario con la misma depresión del año anterior.

Pero volvamos a las compras improvisadas, esas en las que realmente ni somos nadie ni tenemos ningún objetivo ni podemos elegir libremente. Los frascos traslúcidos tienen el encanto de lo misterioso, del lo veo pero no lo veo. Puedo adivinar su color pero no su textura. ¿Cómo será su olor? El romance, si queremos suavizar lo que es de hecho un primer paso hacia la adicción, germina en ese momento en el que tocamos el frasco o continente y deseamos descubrir qué clase de tesoro alberga en su interior. ¿Por qué crees si no que muchos de ellos son, además de preciosos, aterciopelados? Cristal aterciopelado, señal inequívoca de que en nuestra mano tenemos un cofre mágico.

Lo compras apresuradamente. Llegas a casa. Lo primero que te encuentras es la barrera de un plástico en apariencia irrompible. Utilizas los dientes si es necesario. A continuación debes superar una prueba de inteligencia: hallar el mecanismo de apertura de la caja de cartón sin forzar ninguna de las paredes del cubo. Si no lo consigues, has de superar un obstáculo aún mayor. La prueba de la paciencia o más vale maña que fuerza. Por si te sirve de consuelo, pocas lo logran.

La rompes.

Una vez destrozada la caja, tiras las instrucciones a la papelera después de comprobar que han sido traducidas a doce idiomas. Ese esfuerzo de marketing internacional te tranquiliza. Por fin sacas el frasco o continente. En ese momento ceremonial pasa de ser un simple frasco más a la nueva joya de tu cuarto de baño. Lo dejas al lado del lavabo en un punto dentro de tu campo visual y te dispones a lavarte la cara para recibirlo pura y desinfectada. El rito es imprescindible para la buena aceptación del producto y para perdonarte después cuando llegue el cargo de la visa. Una vez limpia y nueva, recoges la joya en tus manos y la elevas a la altura de los ojos. Desenroscas el tapón. Mantienes el pulso y retiras una segunda tapita que, con el tiempo, llegarás a odiar. Con mucho cuidado y mientras intentas controlar tu ansiedad, la rebañas con el dedo al igual que limpias con la lengua el revés de la tapa de un yogur o, mejor aún, unas dulcísimas natillas. Ahora todavía eres generosa contigo misma y te proporcionas una buena dosis. Ya llegará el momento de preguntarte ¿me durará más de un mes?

Con la crema ya en las manos te enfrentas a una decisión vital para el buen devenir de sus componentes. ¿Extender? ¿Aplicar con movimientos circulares? ¿Con pequeños golpes dactilares? ¿En el sentido de las agujas del reloj o al contrario? ¿Seguir la línea de la arruga hacia el exterior, el interior, arriba o abajo? ¿Acompañar al músculo al igual que en un buen corte de jamón o con pequeños puntos de presión facial?... Ante la duda finalmente combinas estas sofisticadas técnicas y te manoseas la cara de mil maneras hasta irritarte la piel y aburrirte la expresión. Alguna, aunque sea por descarte, te hará bien.

Ya está. El placer, en esto también, puede durar, como mucho, un par de minutos. Si eres muy crédula, puede que alcances a saborearlo unos días, depende de la capacidad que tengas para fantasear y autoengañarte *(me miro en los escaparates y tengo la cara muCHÍsimo mejor)*.

Antes de que te des cuenta estarás agobiada. Dosificarás milimétricamente el contenido de tu joya cosmética. Meterás el dedo hasta el fondo del frasco. Revolverás los cajones en busca de aquella muestra que te dieron en la planta baja de los almacenes perfumados aquella mañana en la que te dejaste una paga extra que te has fundido por la cara.

Habrán pasado poco más de quince días y tú, irremediablemente, serás dos semanas más vieja.

Estas cremas de gama alta son, sin duda, droga dura, pero las realmente peligrosas son las que encontramos en todos los armarios de los baños como si siempre hubieran estado allí. Incluso antes que nosotras. Sabes perfectamente cuáles son: reafirmantes, anticelulíticas, body milk, limpiadoras, desmaquillantes, exfoliantes, cremas de manos, cremas de pies, cremas para zonas sensibles, cremas para zonas secas, una rara que usas para los codos, los labios y los talones, reductoras, tonificadoras de frío-calor, mascarillas semanales, mascarillas mensuales, mascarillas naturales y a eso suma cinco botes de sales de baño que has ido atesorando a lo largo de tu vida y que nunca consumirás, las cremas solares de factor 20, 40 y 50 en versión corporal y facial, la espuma retardante de la salida del vello y la cera por si te depilas, una mascarilla para proteger el pelo del sol, una para protegerlo de su tendencia quebradiza y algunas cremas variadas y perfumadas para momentos o muy especiales o muy difíciles, o las dos cosas al mismo tiempo. Este segundo lote de cosmética complementaria es variable según las manías de cada una, concentradas habitualmente en una parte concreta del órgano más grande de nuestro pequeño cuerpo: la piel. Hay devotas del pelo, devotas de las piernas, las manos, las uñas, las tetas y, además, grandes sacrificadas de la prevención de infinidad de rastros que irán surgiendo sí o sí como varices, celulitis, estrías, dermatitis, manchas o arrugas.

A todo lo ya listado hay que añadir las sorpresitas que podamos encontrar en la nevera: bolsas de manzanilla, antifaces helados, mejunjes depurativos, nutritivos, drenantes o lo que podamos reinterpretar en el botiquín; por ejemplo, un buen antihemorroidal (aunque, por su poder vasoconstrictor, lo utilicen top models adictas a las fiestas y por ende amigas de Kate Moss y maquilladores profesionales con muchos años y pocos escrúpulos; no caigas ni en casos muy, muy extremos). Porque, si traspasas esa línea y llegas a hermanar tus hemorroides con tus ojeras y bolsas, estás perdida. Entonces no habrá duda. Te habrás convertido en una superyonqui de la cosmética. Lo notarás además porque tu tendencia se convertirá en obsesión. Como buena adicta a los milagros epidérmicos centrarás gran parte de tu atención en un área concreta; en tu caso, una pequeña y sinuosa, ovalada y anatómicamente irregular: el contorno de ojos.

¿Cuál es la respuesta correcta? ¿Movimientos a favor o en contra de la línea de la arruga? ¿Patas de gallo o arrugas de expresión? Espejito, espejito, dime cómo puedo parar esto. No seas ingenua. El eyeliner encuentra ya decenas de obstáculos en su camino y tú empiezas a ver con claridad el nacimiento de lo que llegará a convertirse en el temido pellejo o colgajo. Y ese día, sumida en un tremendo ataque de pánico, correrás hacia el gran comercio dispuesta a que te desvalijen y te comprarás lo que te echen: colágeno, rellenador de arrugas, baba de caracol, retinol, esencias, promesas, juventud, luminosidad, tensión, uniformidad, tersura, milagros...Y al salir de la planta baja —esa que podrías recorrer con los ojos cerrados aunque nunca lo harás porque se te marcan más las arrugas— olerás a mil fragancias y se te acercarán todas las abejas que hayan podido sobrevivir a la polución de la calle Preciados. Tú pensarás que nadie sabe si es alérgico a la picadura hasta que le pican. Tendrás miedo y estarás atontada por tu olor. Si miras a la derecha, a rosas. Si miras a la izquierda, a jazmín. Empezarás a sentir náuseas. Te mirarás las manos y verás que llevas una bolsa que pesa dos kilos llena de cajas imposibles de abrir, plásticos irrompibles y decenas de muestras que son, precisamente, de los artículos que ya tienes en el mueble del baño, en la nevera o en el botiquín. ¿Por qué nunca te dan nada nuevo? Ni siquiera la ley de la probabilidad te acompaña. No tienes suerte. Está claro. Tendrás arcadas. Hará calor. Finalmente entrarás en una farmacia con taquicardia y te comprarás unas toallitas altamente contaminantes para quitarte el olor a perfumes combinados. Lo sustituirás por el de culo de bebé. Ya de paso te comprarás también el pack crema antihemorroidal/toallitas antihemorroidales.

¿Por qué? ¿Para qué? Ya tienes tres en casa y sabes que acabarán caducando. En tu cabeza oirás una excusa: diversificar. A la vez acudirán a tu mente unas cuantas ideas rocambolescas para dar utilidad al invento de las nuevas toallitas combatealmorranas. Mirarás a la derecha. Mirarás a la izquierda. Total, también huelen a culo.

¡Qué guapo estaba Superman cuando desaceleraba el mundo hasta invertir el sentido de su rotación! Mientras recreamos esa imagen, pensamos: «El tiempo no se compra, pero el botox lo congela». No. Nunca volveremos a ser las mismas. Congeladas o hirviendo en un peeling químico, forradas a toxinas o en proceso constante de descolgamiento, arruinadas por los cosméticos o ricas en arrugas varias, jamás seremos de nuevo aquella que se lavaba la cara con jabón, tomaba el sol con aceite, se pelaba, volvía a tomar el sol, se daba más aceite, otra vez jabón, cloro, maquillajes baratos, tónicos abrasivos, alcohol, manipulación de granos, pelazo, culazo, tipazo. ¡Qué monas aquellas pequitas, ahora manchas precursoras de una inevitable madurez/prevejez!

No volveremos a ser aquellas tengamos lo que tengamos en el campo visual que advertimos frente a nuestro espejo maltratador. No ocurrirá porque no somos Lois Lane y Superman no existe y, además, digan lo que digan, ponerse su capa da mala suerte.

No vamos a volar sobre Metrópolis pero podemos ser alquimistas y yonquis por el mismo precio. La adicción al cosmético no sólo está permitida, sino que está muy bien vista. Mejor cuidarse que comprarse un aspirador nuevo, por muy majo que sea el vendedor a domicilio y aunque ese trasto viejo, que en lugar de tragar escupe polvo, sea el culpable de la profundización de la ojera de la del 2º B los domingos por la mañana. No seas mala vecina. Baja y pásale una de tus cremas antihemorroidales. A ti, juguetona, siempre te quedarán las toallitas.

(Música promocional a ser posible con la voz de Constantino Romero).

No sufras más. Te entendemos. Gracias a la tenacidad de un grupo de médicos y a la capacidad de sufrimiento de un grupo de expertos, ahora podemos ofrecerte una solución. Sí, como lo oyes, una solución. No más cubitos de hielo. No más flotadores en el sofá. Con las nuevas toallitas antihemorroidales Padentrix di adiós a tus almorranas. ¡No desesperes! ¡Cree en los milagros! Porque, pagando y apretando, puedes.

Barbarella y los siete cachitas

Una cosa es que el cine de ciencia ficción y Roger Vadim lograran hacer de Barbarella una mujer de carne y hueso y otra muy distinta que algo más de una década después Jane Fonda fulminara tu autoestima enfundada en unas mallas segunda piel y empaquetada en un VHS de clases de aeróbic. Una cosa era disfrutar en el cine del icono sexual más futurista allá por 1968, *The Queen of the Galaxy,* y otra que su representación en la tierra te mirara a los ojos con esa pila de dientes nacarados, con esa tripa extraplana y ese culo perfecto y te dijera que tú también podías ser así, como ella. Eso era mentira, por supuesto, pero había un segundo engaño y era aún peor. Porque tú, pobre infeliz de la década de 1980, podías llegar incluso a pensar que, algún día, ese milagro llamado aeróbic lograría que una malla bicolor con calentadores y cinta a juego te sentara igual que a Jane. ¡Hombre, por Dios! ¿Quién permitió esa bofetada mundial al sexo femenino común, a las no heroínas? ¿Por qué alimentar de forma tan cruel las esperanzas de aquellas que arroparon el movimiento pro gym al son de *Staying Alive*? ¿Nadie reparó en que Jane Fonda en sus pósters y Jaime Lee Curtis en *Perfect* eran milagros estéticos de cuello para abajo y que la probabilidad de cincelar el propio cuerpo hasta ese extremo son muy escasas si no te bendijo la genética? ¿Es que en la década de 1980 no sabíamos distinguir entre la perfección de los superhéroes y la flacidez de los simples mortales? ¿Era tan complicado darse cuenta de que ese diseño de malla alta con la braga hasta la cintura no sólo alargaba las piernas sino que, a la vez, pronunciaba las cartucheras, las pistoleras y los muslazos? De ahí el rumor de que Cher se había limado las caderas. Todo un bombazo sociológico o un cotillazo en la década de 1990. Cuentan que alguna llegó incluso a buscar respuestas en las revistas de bricolaje. *Me lija usted las caderas y de paso el colmillo izquierdo, que algunos días me muerdo el labio. Cuente con ello y si quiere le barnizo la dentadura, ya que estamos.*

¡Qué crimen la mallita ceñida y sus complementos! Entre ellos, el cinturón elástico y esos calentadores que eran una especie de prótesis muelle para, en realidad, disimular los tobillos gordos porque, ya me dirás, no tenían otra función. ¿Proteger las espinillas? ¿Amortiguar la caída? ¡Si en el aeróbic no hay contacto ni patadas ni entradas asesinas! No hay que hacerse líos. El tiempo ha demostrado para casi todas, a pesar de alguna nostálgica fanática, que el calentador no era más que un adorno aunque la de *Flashdance* empezara a sudar nada más ponérselos. O sea que te calzabas los calentadores, le dabas al play, sonaba *Maniac* y ya estabas recién salida de la sauna. ¡Menudo cante! Tan bestia como el salto final de la protagonista, Alex, frente al jurado, ¡ni *What a feeling* ni na! ¿Y aquellos planos cortos de piernas perfectas, vientres y nalgas de exposición con las gotitas colocadas como en una botella de cerveza en un anuncio? No nos engañemos: si Jennifer Beals puso algo fue los rulos y la cara de pena, que de eso tenía bastante.

Flashdance fue otra ficción que distorsionó la realidad de muchas soñadoras que se dejaron los abductores en algún estiramiento mortal. *Y tú de mayor, mi princesita, ¿qué quieres ser? Soldadora, estriper y bailarina de oposición.*

Los calentadores hicieron mucho daño y Jane Fonda lo sabía y eso es imperdonable, pero mucho peor fue permitir el uso generalizado de la cinta de felpa para recoger el sudor de la frente. Esa cinta no le queda bien ni a Giselle Bündchen, que es como la cabra de la moda; no hay nada que le haga ascos a la chica, todo le va bien. Ella puede ser una Venus fotografiada entre la mierda de un vertedero y las demás venga exfoliar sin control por si debajo de los restos queda algo de que lo fueron, algo decente que enseñar. Lo más fácil sería decir ¡Qué mal repartido está el mundo! Pues no. Lo que está es mal pensado porque había poco bueno que repartir y mucha morralla que dar, como en todo lo demás.

Una de las pruebas vivientes de esa fatal planificación en el reparto de la belleza era nuestra querida madrastra de cuento Jane Fonda. Sus mallas destrozaron a miles de mujeres. Ridiculizaron a todos los niveles medios y bajos del aeróbic, a todas las aspirantes a Barbarella Power y a costa de eso emergió un imperio, un ecosistema con fauna propia, tendente a la agresividad y la demostración de fuerza, al grito en el press de banca y la riñonera: el variopinto, castigador y, a menudo, maloliente universo de los gimnasios.

¿Deporte? ¿Autoengaño? ¿Club social? ¿Agencia de contactos? ¿Qué es realmente un gimnasio de los de matrícula a precio de hipoteca? Fundamentalmente es un club del que te haces socio entre el 12 y el 15 de enero, al que vas durante las tres semanas siguientes un par de veces y por el que después no vuelves a aparecer. Eso, en la mayoría de los casos. La relación apaciguamiento de la conciencia, pago de tasas de matrícula, más tarjeta de abonado y taquilla mensual es muy estrecha; para algunas, incluso, mano de santo. *Yo estoy apuntada a un gimnasio pero no tengo mucho tiempo. ¿Cuánto pagas? Doscientos cincuenta euros. Eso te va a tonificar el bolsillo fenomenal.*

Las pobres almas que caen en el engaño mensual del gimnasio abandonado a la mano de los cachas residentes suelen hacer varios intentos para enmendar su error. *Perdone, ¿gimnasio Well-Good-Body-Fit-Center? Ni idea, esto es una ferretería. Pero si el gym estaba aquí. Mire mi tarjeta de abonado. ¡Soy socia First-Class-Body-Pump! Pues, como no quiera bajarme esas cajitas que tengo ahí desde hace diez meses, yo no puedo hacer na por usted.*

Cualquier bendecido por el carné de socio de un gym puede haber sufrido el desarraigo y volver a caer en las redes la temporada siguiente. Siempre lo hará con el arrepentimiento de un adicto pero al revés porque en este caso no consume. *He pagado 15 meses y he ido 17 días. ¡No puedo dejar de no ir! ¡Es horrible!* Esta patología encuentra sosiego en una fase absurda que nunca es definitiva: la compra de una cinta de correr o una bici estática con minibanqueta y juego de mancuernas. Tú, por ahorrar, una vez te has dejado miles de euros en mensualidades a fondo perdido, destruyes lo poco que te queda en ese momento: tu lugar de descanso. Porque una cinta o una bici, con banqueta, y en casos extremos saco de boxeo, no pinta nada en la cocina, no cabe en el baño y es incompatible con la visión de una cama; por lo tanto, va a tu salón. El kit supersudada difícilmente te hará juego con los muebles. No hay quien lo tape porque la cinta es como un toro de grande y la bici, más o menos. Hay quien logra ver cierto punto en la combinación del mueble portamancuernas con la estantería porta CD, pero lo mires por donde lo mires es un horror. Es una bomba contra el feng shui y la paz de tu plaza social y templo del tumbing. Tú, ahí, sudando como un pollo, con la toallita colgando del cuadro de mandos, empañando la tele y procurando no imprimir tu huella en las paredes. En cualquier caso, si eres una defensora de la carrera de salón, enhorabuena, pero, si abandonaste el gym, no te engañes, acabarás haciendo lo mismo con la cinta y, a no ser que la recicles como caja registradora a la salida de casa, te la vas a comer con patatas porque no sirve para nada. ¿Conoces ese juego en el que tienes que imaginar diversas utilidades para un mismo objeto por muy ridículas que sean? Prueba con una cinta de correr. Ahí te quiero ver.

Volviendo a los gimnasios, el caso de las que quieren y dicen que no pueden pero pagan y nunca van es común y difícil de resolver, pero aún más interesante y merecedor de un estudio antropológico es el de las que quieren, pueden, pagan lo que sea y van todos los días en horario ininterrumpido. Un grupo que podemos denominar: Gym-Life-Full-Time-Addict.

Hay muchas mujeres viviendo en los gimnasios. Si te molestas en hacer el experimento, visita el mismo centro de fitness varias veces al día y encontrarás a un grupo de señoras que pasan la mañana, comen, consumen la tarde y meriendan dentro del club mientras alguien está recogiendo a sus hijos del colegio, llevándolos al parque o bañándolos. *Que tengas dulces sueños, cariño. Mami ha estado en el gimnasio.* Es una elección como otra cualquiera sobre todo si no eres muy madraza. Pero lo significativo de este desgaste muscular en las edades en las que empiezan a bajar los estrógenos y los depósitos de calcio amenazan es el porqué. Y ese porqué suele ser el monitor que a menudo no tiene la culpa de nada porque la obsesión es unidireccional. Si la señora Hot-Body-Tonic tiene mala suerte, su monitor favorito dará clases avanzadas de danza y funky y ella vivirá al borde del ataque cardiaco y con la rotura fibrilar a la vuelta de la esquina. Y si tiene muy mala suerte, él enseñará Hip Hop Dance y ella, previsiblemente, se descoyuntará. Los peligros para la integridad física son numerosos, eso sin contar el ridículo, no tanto por no tener sentido del ritmo como por caer en la tentación de ir conjuntada para llamar la atención del líder de la manada. Lo que nos lleva directamente a recordar a modo de ejemplo la pinta de Antonia Dell'Ate bailando un rap en *¡Mira quién baila!* con la gorra hacia atrás a lo Paquirrín. Con lo mona que va ella siempre de Armani, quién le manda. De rapera no se puede vestir una así como así.

Un respeto por la cultura hip hop, señoras, por favor.

Más de un matrimonio por minuto se tambalea detrás del culo prieto de un monitor. El drama real alcanza su plenitud en la contratación de ese monitor como entrenador personal. ¿La alumna, nuestra señora Hot-Body-Gin-Tonic compra horas de entrenamiento personalizado o minutos de intimidad? En realidad, con la excusa moral/social del cuidado de la salud compra tiempo y oportunidades. Porque un buen personal trainer, uno listo al menos, te dará los buenos días como si le apeteciera verte y a ti te temblarán las piernas. Ejemplificará los ejercicios sólo para ti y tú no sabrás dónde poner el ojo entre tanto músculo prominente. Se sentará a tu lado en la colchoneta como si estuvierais juntos en un día de playa aunque tú te deslomes con la retahíla de abdominales a los que te ha castigado. Te gustará la sumisión gimnástica. Te dejarás llevar por el club a dos pasos por detrás de él. Leerás en la espalda de su camiseta Personal Trainer. Pensarás *Es mío, mi entrenador.* Echarás cuentas para saber cuánto te costaría contratarlo a jornada completa, será un lujo que no te puedes permitir. Te empezarás a desesperar y a deshidratar. Él dirá *Bebe.* Obedecerás. El chorrito de la fuente y su vaivén hundirán tu sex appeal definitivamente. Sin embargo, él te colocará en una de las máquinas de pesas y con un fingido interés corregirá tu postura. En ese momento, tú, probablemente ciega de carnaza, suspirarás. Habrás llegado hasta ahí porque alguien te contó en el gimnasio, entre serie y serie (series de televisión que se ven en los monitores), que un entrenador personal necesita hacerte un chequeo antes de ponerte a dieta, de ponerte una rutina de ejercicios y de ponerte a mil. En ese chequeo necesariamente te pesará, te medirá y con un poco de suerte calculará tu nivel de grasa y para ello tendrá que pellizcarte y para ello tú te tendrás que desnudar y ocurrirá en una sala pequeña, que podría ser la del fisioterapeuta, luego habrá una camilla, y poco espacio, y tú en bragas, y la báscula, y él con el metro, que te mido, que te pellizco, y tú con un ataque de ansiedad que te quieres morir para que te reanime, y él a toda velocidad poniendo los ojos únicamente en los números del metro, de la báscula, de su reloj. Tú queriendo desmayarte y él queriendo dejarte caer y huir de la pesadilla. A ti te parecerá que la tensión sexual se puede cortar, a él que los días son muy largos y que se va a hacer otro tatuaje un día de éstos, que hoy cogerá una peli de acción para verla con su chica y mañana desayunará un zumo proteínico extravitaminado y todo irá mejor. Tú creerás que has sentido algo especial y verás señales donde no las hay. Tu fantasía durará lo que estés dispuesta a pagar en horas de Personal Trainer. Él nunca tendrá la culpa pero tú acabarás por hacerlo culpable. Pensarás que un día te deseó. Recordarás una mirada que no se produjo. Y todo esto, ahí, en el gimnasio. Cuna de amores inflados bajo el efecto de los esteroides. Historias de mentira aliñadas con fantasías sudorosas.

Es muy probable que el gym no cambie tu vida sexual, ni siquiera tu figura, al menos notablemente (mucho menos si vas a pasearte por las instalaciones). Lo que cambia es el lenguaje de sus habitantes. Demostrado. Dos días siguiendo una planilla y ya tenemos claro dónde están cada uno de nuestros más de 600 músculos, y no sólo eso, entendemos su funcionamiento, las posibles lesiones, adquirimos mágicamente nociones de fisioterapia y dominamos las técnicas de musculación. *Tengo un poco cargados los trapecios, no sé si me vendrá bien una hora de stretching o visitar al fisio para un chute de radiofrecuencia. Todo esto me pasa porque la escoliosis afecta a mi curva dorsal y eso repercute en mi área cervical como núcleo de tensión del estrés diario.* O bien *Soy tan bruta que el otro día me monté en esa máquina que parece un potro de tortura y crucifixión y, como no sabía cómo controlar el peso, solté el freno, dejé caer las pesas, la polea giró a toda velocidad con una carga de 115 kilos, y de la fuerza y la tensión que hice para intentar pararlos se me metieron los brazos para dentro; ahora ya no sé si darme perfume o desodorante en las muñecas porque se me irritan los trapecios.*

Y lo del metabolismo ¿qué? ¿Quién ha dado el último curso sobre estridencias y ciclotimia del metabolismo de uno mismo? ¿Por qué todo el mundo sabe tanto sobre cambios metabólicos, cómo se producen y cuáles son sus efectos? Hay incluso quien afirma que una noche se acostó delgada y se levantó gorda porque le había cambiado el metabolismo. Así, entre sueño y sueño. Hay muchas enfermedades que pueden provocar enormes cambios en el físico pero no de un día para otro. El metabolismo, ese término que te da la excusa perfecta para no cuidarte *Me cambió el metabolismo y no hay manera, no puedo dejar de comer bollos de seis en seis* y de paso te aproxima al conocimiento científico. Si no sabes dónde tienes el punto G, ¿cómo vas a controlar el funcionamiento de algo parecido al alma —no sabemos dónde está, no sabemos cómo funciona— pero que es imprescindible para nuestra existencia?

El alma y el metabolismo se ven en éstas en la jungla de los gimnasios. Las conversaciones sin demasiado sentido se suceden en esas curiosas bicis en las que estás recostada frente a siete monitores de televisión, con los cascos puestos, veintiséis canales de audio disponibles, botellita de bebida isotónica, toallita por si te cansas mucho de pedalear tumbada y un miniatril para colocar la revista, el libro o los temas de la oposición a juez. Total, no hay prisa. Puedes pedalear eternamente sin cansarte.

Y de esa bici que te reconforta con miles de pedaladas sin resistencia al vestuario. ¡Qué lugar! No hay nada como poner atentamente el oído en el vestuario femenino de un club fashion. Adiós a las terapias. Entre taquillas anda el juego. Las confesiones, los cotilleos, las últimas operaciones entre un baile de tetas, tangas y tatoos en cuerpos allá y acá, mejor o peor colocados.

El tatoo y los piercing son territorio y dominio de las monitoras. Nunca los verás tan tensos e hidratados. Dentro del inframundo del vestuario, tal y como corresponde, está la cápsula modelo Orgasmatrón de los rayos uva, comúnmente conocida como el tostadero, porque cuando sales el maquillaje aún aguanta, el peinado no se ha movido pero la piel te huele a pelo quemado. El tatoo y las mamoplastias se contagian en los vestuarios de los gimnasios. Es como ir a una boda y encontrarte a varias con el mismo vestido: no sabes qué significa la letra china que llevas a seis centímetros del cóccix pero tienes claro que la de la taquilla de al lado se la ha hecho igual y las tetas te suenan, ¿verdad? Claro, son las tuyas.

La evolución de los comportamientos, la decoración, las tramas personales, las disciplinas deportivas, todo ha cambiado mucho en los gimnasios desde Jane Fonda pero nosotras no hemos cambiado tanto. Seguimos soñando que podemos ser como ella, un rato, un segundo, aunque sea sin respirar. Aunque el tiempo nos quite la razón porque ni el piercing ni el tatoo ni las mallas ni copiarle las tetas a nadie nos convertirán en la hermana de Barbarella. Tú no eres Jane y el monitor no es Tarzán. Vuelven los pantalones con la cintura alta. ¿Volverá también el bañador cuña? Preparadas para el golpe emocional. ¡Que la hombrera nos ampare!

Pilates para Bellas Yacentes

Mientras unos cuantos abducidos por la complicación de su propia existencia aburren a algún confidente, mientras alguien intenta desarrollar la vacuna que no llega, mientras se prepara un nuevo atasco absurdo en el tercer túnel abierto en el mismo tramo de Madrid, mientras el mundo da vueltas, un tercio de la población urbana se sujeta a él tumbada en el suelo, busca su primer anclaje a la tierra, deprime el abdomen hasta dejarlo como una hamaca después de soportar a un alemán cervecero y su siesta, respira de forma controlada y lleva el aire hacia el pecho, abrocha el ombligo a la espalda y todo esto a la vez que aprieta los glúteos, relaja el cuello y lleva los hombros lejos de las orejas. ¿Qué? ¿Cómo se te ha quedado el cuerpo? Si no has practicado nunca pilates, no puedes imaginarlo. En esos momentos de concentración total, necesaria para controlar sincronizadamente ombligo, costillas, entrada de aire y esfínteres, se pone en juego inevitablemente la dignidad del sujeto, sobre todo si es novato/a, tiene tripilla y hace unos cuantos años que perdió el control sobre ella. Es fácil que su dignidad postural se tambalee al convertirse en lo más parecido a un atado a sí mismo que intenta dominar no sé qué fuerza externa, atorado por las señales cruzadas que está mandando a su cuerpo y que éste, claro, interpreta como quiere. ¡Respira, nariz! ¡No subas, ombligo! ¿Cómo pongo los hombros lejos de las orejas? ¿Los levanto? ¿Me los quito?

Destruirá, primero, su dignidad postural y, después, la personal, y sin ella cualquier posibilidad de compartir una buena charla sobre pilates, y con ello, la opción de formar un grupo para acudir a clase dos veces por semana a la hora de comer, compartir ducha con los compis, almorzar a la hora del café una ensalada con cuatro hojas de lechuga y pasarlas juntos canutas de hambre. Porque hacer amigos requiere sacrificios y tener dos horas a la semana con plan y peña, ahora que Second Life se impone, es un lujo que aún no somos capaces de apreciar en su magnitud.

Estamos tan cerca de alcanzar el Mad Max de la vida social como de que la nueva reina de los mares sea la medusa. El cambio no es sólo climático, también existe el desierto del contacto, la sequía de la comunicación táctil.

Ésta es una de las razones por las que el pilates arrasa. ¿Conoces La Teoría de los Seis Grados de Separación o Teoría del Mundo Pequeño según la cual cualquier persona está unida a otra por una cadena de intermediarios nunca superior a seis individuos? En aquellos años en que se emitía el programa precursor del freakismo por excelencia *That's Incredible* o *¡Esto es...* (pausa dramática) *increíble!*, algo así podía asombrarnos pero ahora esa cadena ha mermado. Tanto que es posible que estemos conectados a cualquier individuo del planeta por una cadenita retorcida de no más de tres practicantes de pilates. La fiebre es desbordante. El boca a boca ha elevado al pilates a lo más alto con un único mensaje, un claming publicitario tan efectivo como: «Ya no me duele la espalda». Que no te duela, te cruja, te doble o te crucifique tu propia espalda, a ti, ciudadana/o de la gran urbe, es tan difícil como respirar aire limpio en el túnel más transitado de la ciudad. La espalda, en estos tiempos de estrés, debe de ser algo así como la pizarra de la frustración en la que escribimos más de mil veces: «No puedo más, no puedo más, no puedo más...». Del dolor de espalda vas de cabeza al relajante muscular, de ahí al ansiolítico y de ahí a lo que venga o... al Pilates. En este último caso, siempre seducida o seducido por el milagro obrado en la espalda de tu amiga, la más quejica de las quejicas (ya tendremos tiempo para el club de las hipocondriacas. Seguro que una hipocondriaca está conectada a cualquier otra hipocondriaca por una cadena medicamentosa de no más de dos hipocondriacas).

Junto a los seductores resultados de pilates están las odas a otras disciplinas que superan el tono muscular para pellizcar nuestras energías. Lo más trendy (si es que todavía se puede decir trendy sin parecer un hortera trasnochado porque los calificativos de «lo más de lo más» duran menos que un caramelo a la puerta de un colegio y, si no, fíjate en guay, fashion y cool, que ahora se te escapan y son lo peor), pues eso, que lo más trendy ya no es hablar de esteroides, roturas fibrilares, carbohidratos o carnitina, es mucho mejor saber de asanas, chacras, reiki y meditación aunque no seas capaz de concentrarte ni leyendo un haiku quinientas veces en una cámara de cristal oxigenada en el fondo de un lago sin peces.

Estas disciplinas y técnicas, al igual que ocurre con el deporte tradicionalmente occidental, son saludables, necesarias y purificantes pero eso no quita que además puedan ser la excusa para tener algo de qué hablar, un lugar adonde ir y algo que hacer. *Yo hago mucho deporte. ¿Ah, sí? Dos días a la semana pilates y los sábados yoga. Y tu corazón, bonita, ¿qué tal? ¿Hace cuánto que no lo subes de pulsaciones? Es que eso cansa.* Eso va a ser.

Todo son ventajas. Una práctica saludable que no mina la dignidad si no eres demasiado torpona, que te facilita conocer un montón de gente, beneficiosa para los que padecen dolores de espalda y con la que no hace falta echar el bofe en cada clase. Así están las academias a distancia que no dan abasto. *Y su hijo ¿qué? ¿No le sacamos provecho? ¿Un cursito de guitarra que tiene mucha salida? Pues va a ser que no porque el niño siempre ha querido ser monitor de pilates, desde que era bien chico.* Toma ya. ¿Cuántas guitarras españolas habrán vuelto este año a los almacenes por culpa del pilates? ¿En qué medida se habrá visto afectada nuestra cultura musical-rural por esta fiebre vocacional? ¿Para qué pasar dos meses estudiando un puñado de partituras lolailo y poniendo la cabeza de toda tu familia como un bombo, pudiendo ser monitor de pilates o... de pádel?

Porque ¡ay, mi madre, el pádel! Otro capítulo de sectas inofensivas merece este maravilloso deporte, que puso de moda José María Aznar y que ahora practican sus amigos y sus enemigos a partes iguales. *¿Una pachanguita de fútbol 7 y unas cervecitas? Este fin de semana, no, que tengo campeonato de adosado's pádel en la urbanización y después barbacoa en el portal 5, bajo B, jardín derecho, seto gordo, niños a la piscina y domingo apañao. Pero ¡¡¡si tú eres sindicalista!!! Sí, sindicalista padelero.*

Las pistas de pádel crecen como champiñones en el paisaje urbano. ¿Para qué quieres una zona verde si puedes tener una pista de pádel acristalada? 60 metros cuadrados, dos habitaciones, interior, un aseo, amplias zonas comunes, solarium, gimnasio, carril bici de cuatro kilómetros y pista de pádel. 360.000 euros y ¡olé!

La combinación 1: urbanización, piscina y no tengo nada que hacer en medio de este desierto del extrarradio, y la combinación 2: superurbanización de lujo, tipo Pleasantville de la que no quiero salir ni por alarma bacteriológica nos conducen inevitablemente a las ladies-pádel. Lo que tiene el mundo lady-pádel, que es un poco barbie-pádel, es la esclavitud del modelito, porque si eres una verdadera lady-pádel, que no una choni-pádel o machirulo-pádel, pues tienes que ir con tu minifalda, enseñando celulitis grado tres y apretando tripa. Vamos, que ser una lady de lo que sea, incluso ser Lady España, nunca ha sido fácil y si no que se lo pregunten a Tita Cervera. Hay que atesorar en la misma medida altivez y sesiones de presoterapia.

Para eso el carácter plebeyo y sobre todo la comodidad de la ropa yogui. Lo ancho para que no se note el michelín ni la celulitis encubierta, y lo cómodo para relajar la tripaza con alegría porque un buen yogui respira sin complejos. A esto suma que sólo por descalzarte después de un día infernal de tacones merece la pena ir y que, en niveles inferiores, el pilates es muy fácil. Por ejemplo, en una clase de step o tienes sentido del ritmo o te pasas una hora entera tropezando con el escalón neumático. Y vuelta a la pérdida de dignidad personal y postural, porque despatarrada en el suelo después de clavar todos los dientes en la tarima flotante no hay quien te salve.

Esfuérzate en no hacer el ridículo porque la cosa está más que complicada. La gran ciudad, aunque pueda parecer lo contrario, anula las posibilidades de contacto. Los campos sociales donde se juega a ser uno en comunidad son grandes salas de moqueta y tatamis, bicis con respaldos, aulas con espejos, música relajante y alguna cancha acristalada de pádel. Por esa razón deben ser minideportes, porque corriendo una maratón no se puede hablar con el de al lado, al menos, mucho rato, y si juegas un partido de tenis con una buena solana, entonces sí que sabrás lo que es una rotura de fibras o una deshidratación, al igual que ocurre en todas las disciplinas aeróbicas duras de esas en las que una se cansa, donde los músculos trabajan hasta la extenuación, donde hay agujetas, dolor, sufrimiento y sacrificio.

Nosotras, tú lo sabes, estamos hablando de otra cosa, de hacer amigos, de fantasear, de llenar el tiempo, de intentar controlar la ansiedad que te produce el estrés, de confiar en las energías porque ya no tienes fuerzas ni para sonreír.

El ejercicio físico es un bien común. La calidad de vida en la gran ciudad tiene mucho que ver con el número de árboles, la seguridad en las calles y el transporte público, pero además de sentirnos seguros y atendidos ahora necesitamos sentirnos acompañados. El deporte nos ayuda a sentirnos mejor y sus variaciones para todos los públicos a poder compartirlo. La excusa puede ser la operación biquini o que ya te cansas subiendo el primer tramo de las escaleras. Da igual. Lo importante es lo que encontrarás allá donde vayas sea con tu minifalda de pádel o tu look hippy-chic-enrollada con tu atuendo XXL. Ya lo dijo Roberto Carlos después de desabrochar su ombligo para coger todo el aire limpio del Amazonas:

Yo sólo quiero mirar los campos,
yo sólo quiero cantar mi canto,
pero no quiero cantar solito,
yo quiero un coro de pajaritos.
Yo quiero tener un millón de amigos...

El zapato de cristal y el cambio horario

Son las once y media de la mañana y hace una hora que tu avión de la compañía KLM ha despegado desde el aeropuerto de Hong Kong. En Madrid, tu ciudad de destino final, son las cinco y media de la tarde. En este momento te estás comiendo a dos carrillos un beef con puré de patata y verduras después de haber engullido un bollo de pan untado en mantequilla por no se sabe qué razón, porque tú odias la mantequilla. Estás masticando la carne guisada gracias a la botella de vino que te estás metiendo entre pecho y espalda. Con lo fina que eres en España para lo del vinito y aquí no le haces ascos a un caldo chileno peleón de nombre Santa Dominga. Te estás poniendo cerda y lo sabes. Cerda porque nada más despegar te comiste ávidamente el aperitivo que te dio la azafata holandesa que bien podría ser quesera o vaquera, constituido por una bolsita de almendras y ¡atención! un zumo de tomate sin pimienta ni sal ni limón. Tú no tomas zumo de tomate jamás y menos aún si has desayunado dos horas antes cuatro piezas sushi, unos cuantos dumpling, fideos chinos, cereales con yogur, té, tostadas, una magdalena pequeñita monísima con moras y un plato de fruta. ¿Qué te está pasando? ¿Te llevan de vuelta a tu casa o a un campo de concentración? ¿Qué ha pasado con tu preocupación por las dietas? ¿Y por la comida sana? ¿Y tus problemas de estómago?

El pasajero que va sentado delante de ti, en un movimiento brusco, como un nadador en una prueba de espalda, echa el respaldo hacia atrás y te tira todo el vaso de vino encima de los pantalones, te moja hasta las bragas, de rebote pone perdido el libro que llevas encajado entre el reposabrazos y la cadera, el mp3 que te cuelga del cuello y la almohada que reposa en tus rodillas. Ahora ya no sólo estás hinchada por la retención de líquidos y llena de granos por el max-mix culinario, además vas hecha un cuadro, no te puedes cambiar porque has facturado toda la ropa, te quedan doce horas de vuelo y apestas a tintorro.

Por otra parte, menos mal que no puedes acceder a la ropa porque podrías caer en la tentación de ponerte cualquiera de los modelitos folclóricos que te has comprado, como lo ha hecho la chica del lanzador de respaldos, que luce unas chanclas de madera pintadas a mano que cualquiera aguanta el frío y el dolor de pies. ¿Por qué compramos de otra forma cuando estamos de vacaciones? No sólo compramos más, también compramos mucho peor. ¿Por qué decidimos que podemos reinterpretar cualquier prenda o complemento típico en un ejercicio estilístico imposible? Tú no eres John Galliano y además nunca has reparado en las blusas del chino de venta al por mayor que hay al lado de tu casa y son exactamente las mismas. En Madrid te parecen un horror y en Hong Kong te has comprado seis. Una o dos para ti, depende de cómo te queden con los jeans, y cuatro para tus amigas. Ellas no van a saber qué hacer con las prendas y si al menos estuviéramos hablando de tu madre, que podría apañarlas como mantelitos o tapetitos, pues amortizarías la inversión, pero tus amigas, como mucho y en un acto de total generosidad y cariño, intentarán olvidar el incidente y listo. Al fondo de un cajón. Tú, embrujada eternamente por tu viaje, colgarás los modelitos «typycal algo» en una percha que irá perdiendo posiciones en la parrilla de salida de tu armario. Las blusas acabarán entrando y saliendo de un baúl estación tras estación sin que nunca encuentres el momento de ponértelas. Quizá te atrevas con una de las prendas un día de esos en que no deberías haber salido de casa. Y después de enfrentarte a la estupefacción y la sorpresa de los que te esperaban tal y como eres siempre tendrás que saber explicar por qué te has disfrazado de china en pleno mes de octubre, así, con el pluma encima y unas medias gordas y botas altas de tacón. No es el nuevo año chino, no tienes amigos chinos, no te gusta ir a cenar a los chinos, no hay, en definitiva, ninguna razón lógica que pueda explicar tu comportamiento, pero ahí estarás tú, buscarás un chascarrillo que te salve, cantarás el osito Misha como elemento de distracción «de un país lejano llego...», pero los que te conocen no sabrán qué hacer, los mismos que siempre te habían concedido el título de ¡qué mona va siempre esta chica!

No te pongas triste si te reconoces en este momento ridículo porque es un momento ridículo bastante universal. No te castigues. Lo que te ha ocurrido alcanza a cualquier hijo de vecino y, por lo tanto, todos los que hayan viajado te comprenderán. Las conductas del turista abducido se repiten por contagio o por la ausencia de la capacidad de improvisación en lugares que nos son ajenos y, en principio, por ello, inhóspitos y amenazantes. En cualquier caso hay que saber perdonarse, pero tampoco vale ser totalmente complaciente, porque una cosa es que determinadas conductas estereotipadas sean comprensibles porque «no hay quien tire la primera piedra» y otra que tengan un mínimo sentido. La autocrítica es fundamental en la futura evasión del ridículo turístico. Si no nos compramos unas madreñas un fin de semana descanso en Asturias, ¿por qué asumimos el riesgo de caernos de unos zapatos-puente que nos elevan a seis centímetros del suelo y pesan dos kilos cada uno? ¿Por qué nos atrevemos con un sombrero tirolés en una barbacoa dominguera a la vez que entonamos el iorelei, iorelei, iorelei ji ju? ¿Por qué se nos ocurre cocinar con batas de manga mariposa imposibles de remangar? ¿Por qué llevas un tatuaje maorí en la cara? ¿Qué hace una túnica de monje budista encima de tu sofá? Y sobre todo, ¿por qué te estás comiendo las salchichas con palillos?

Los precursores de esta tendencia a cargar con prendas y objetos imposibles son los souvenirs. Ahora los rechazamos como la máxima expresión de la horterada turística pero hemos nacido entre ellos. Entre platos con grabados de pueblos y leyendas como «Recuerdo de Cuenca» y entre sus primos, los platos refraneros; figuritas de porcelana (rurales, profesionales); los bastones con mensaje y las porras con amenaza tipo «soy el rey de la manada»; muñequitos móviles que te sorprendían en un ataque exhibicionista (habitualmente monje o mono); ceniceros, cuadros, grabados, medallas, vírgenes y santos fluorescentes, relicarios, joyeritos, pastilleros, minicubertería para aceitunas, mejillones o berberechos, palillos típicos, servilleteros, portafotos, mechero de mecha, microajedrez o damas-parchís, riñoneras, viseras, abanicos y todas las cosas pequeñas que pueden ensuciar la paz y la coherencia de tu vida y tu casa. Es verdad que el típico souvenir pierde la comba de las últimas generaciones. Pero, pensándolo fríamente y dejando los traumas infantiles aparte (inducidos por porras, monjes, monos). ¿No ha sido, al final, un gran error alejar el souvenir de nuestro entorno para sustituirlo por algo peor? El souvenir tiene su propia entidad. Pertenece al lugar del que procede y no pretende ser nada más. No se mezcla nunca con tus cosas. Es lo que tiene que ser. Sin embargo, ahora nosotros cargamos con recuerdos imposibles y pretendemos integrarlos en nuestra vida, en nuestro armario y en la decoración de nuestro hogar. A la fuerza. A lo bestia. ¿No será mejor guardar en un cajón un visor-catalejo-pasador de diapositivas que llegar de Kenia con una figura de un cazador de ñus de metro ochenta que te mira directamente a los ojos? ¿No será mejor regalar a un amigo una navaja suiza llavero que presentarte en su casa con un objeto indescifrable?

En este último supuesto la amenaza de la adquisición imposible no sólo pondrá en peligro la integridad de tu espacio vital sino también la confianza y la amistad. Tú vas al hogar de tu mejor amigo con un paquete de regalo enorme y sin avisar, con la urgencia de una niña pequeña incapaz de reservar un regalo hasta la fecha señalada. Llamas al timbre. Él no te esperaba. Abre la puerta y tú, semioculta detrás de esa caja, anuncias *¡Sorpresa!* Entras en el saloncito y lo miras a los ojos con la satisfacción de la que ha pasado dieciocho horas pegada al objeto por temor a que se rompiera al facturarlo. Piensas que él puede entender el esfuerzo que te ha supuesto haber sido, además de amiga, porteadora. Tienes un jet lag de caerte muerta pero la ilusión de la entrega te ha mantenido despierta o, al menos, consciente. Y allí estás, con los brazos extendidos y una sonrisa temblorosa, a punto de hacer el traspaso definitivo del regalo. Entonces dices: *Es para ti* o *Es una tontería* o *¡Ábrelo ya!* Tu amigo lo desempaqueta ante ti con reservas. Al descubrir el objeto imposible y después de unos segundos de silencio masculla un poco convincente *Me encanta,* que no será poco convincente porque no le gusta sino porque le avergüenza reconocer que no tiene ni idea de qué es «esa cosa». Entonces hace el amago de apoyarlo sobre la chimenea, o en la mesa, pero reacciona a tiempo porque si es un utensilio de cocina ¿qué pinta en el salón? En ese punto tu amigo siente que es un ignorante y un desagradecido y que tiene mala suerte porque le podía haber tocado a otro de tus compañeros del alma porque en la pandilla siempre habéis sido cuatro. Te vuelve a dar el objeto. Bajo una pretendida sonrisa adivinas una mueca de horror. Se disculpa: *Espera un momento.* Desde la habitación más alejada llama a un amigo común, uno de la pandilla de cuatro. *Hey, Luis, ¿tú sabes de dónde ha venido Elena? ¿Tienes idea de qué puede ser una cosa verde cilíndrica de 40 centímetros de alto con dos tiras de cuero en la parte superior? ¿Has probado a ver si suena?* Mientras tanto tú estás en el salón con tu regalo imposible-increíble y piensas que no le has dado ninguna pista a tu amigo y que, ahora mismo, es probable que te odie por ello y por el mal trago que le has obligado a pasar. *¿Embajada de Kenia, por favor? Si desea tramitar su visado, marque 1; si desea información, marque 2; si desea identificar un regalo cabrón, marque 3.*

A estas alturas habrán pasado dos años desde esa fatídica tarde y nadie sabrá todavía qué narices es ese cacharro reconvertido en lámpara de esquina.

¿Por qué transformar nuestras casas y las de nuestros seres queridos en pasajes del terror? Piénsalo. Si jamás llevarías una espada toledana a tu casa, ¿qué pinta el cazador de ñus en tu salón? ¡Que llevas un año sin dormir por su culpa! ¡Reconócelo de una vez!

Viajar puede ser muy peligroso, no tanto por los imprevistos que nos acechan durante el periplo como porque pone literalmente en peligro lo que somos. A veces, por unos días; otras veces, para siempre. Seas como seas, si viajas, te verás conducida irremisiblemente a un lado atrayente y poderoso, un lado equivalente al que generaba el anillo de Tolkien o el que arrastraba a Luke Skywalker pero en idiota; el conocido como el lado absurdo de viajar.

Es más fácil pensar que nuestros comportamientos responden a razones lógicas y necesidades de viaje, pero ¿por qué tomamos todos a la vez la misma foto que ya tenemos en la guía? y, si hemos comprado con un mes de antelación esa guía, la más completa, ¿por qué, además, portamos los cuatro mapas que hay sobre el mostrador de la recepción del hotel, más los folletos de las excursiones, más un guía vivo, gordito y pequeño que habla español y que nos cuenta todo lo que está en la guía extra-mega-completa-plastificada?

Son sólo unos pocos ejemplos del poder del lado absurdo de todos los viajes que hacemos, hemos hecho y haremos. Porque si realmente no existe esa fuerza, si en realidad sólo nos dejamos llevar por un patrón para que nuestro viaje cuadre dentro del esquema clásico de viaje, ¿qué explicación tienen los comportamientos que no nos llevan a nada? Aterriza un avión. El comandante pide que nos mantengamos en nuestros asientos. Cinco segundos después se oye el primer clic. Se levanta un pasajero e inmediatamente en un perfecto ejercicio de mimetización, imitación o envidia «yo no voy a ser menos» lo hace su contrario al otro lado del pasillo. El siguiente movimiento es como la celebración de un gol en cuanto a la coordinación de los culos de los aficionados: todos se elevan a la vez. Cinco segundos después todo el pasaje está levantado mientras el avión rueda por la terminal con la señal luminosa «abróchese el cinturón» encendida. La tripulación continúa sentada. Las maletas van y vienen. Las trolleis caen sobre las cabezas de los pasajeros. Los más avezados empiezan a formar una cola en el pasillo. Cargados, buscan el móvil mientras calculan qué puerta abrirán para el desembarque y se preparan para un rápido giro de cintura de 180 grados en el caso de que la intuición les falle. Esto ya es bastante lamentable pero peor es la situación de los que podríamos llamar atlas del vuelo. ¿Qué hacen todos los pasajeros de las filas de ventanilla con el cuello en un ángulo de 90 grados, la cabeza pegada al maletero, la rodilla hincada en el asiento y los codos sobre los respaldos, convertidos ahora en improvisadas paralelas? Los pasillos del avión están a reventar. Maletas, bolsos, tetas, corvas, culos y espinillas encajan a la perfección en un tetris humano. Los pasajeros-atlas o pasajeros-pilares no se pueden mover pero tampoco retroceden a una posición de descanso. Si tú eres una de esas personas, especie de gigante encajado en un avión pequeñito, acabarás de tirar por tierra veinte sesiones de osteopatía y habrás resucitado un esguince cervical. No sabrás por qué intentas endemoniadamente encender el móvil a la vez que el resto del pasaje. No entenderás por qué no te sientas de nuevo hasta que abran las puertas. Sólo verás las mochilas y los bolsos de los demás y te dolerá el cuello un montón, y los codos y la cabeza. Recibirás quince mensajes y querrás contestar todos a la vez. Estarás, entonces, cegada y poseída por el lado absurdo de viajar.

Si el lado absurdo de viajar tuviera que tener su Monte del Destino o su Estrella de la Muerte, está claro que elegiría un crucero. En ellos encontramos la mayor concentración por metro cuadrado de actividades sin sentido. ¿Qué haces bañándote en la piscina de un barco en mitad del mar? La única excusa, que no explicación, es que pretendes relajarte para la que te viene encima. Estás a la espera de que lleguen las seis de la mañana. Te vas a pegar un madrugón de infarto. Hora de citación de la excursión del día: 6.30, desayuno. Llegada a Malta. 45 grados en Valletta. Grupo de 89 personas comprendidas en un arco que va desde la niña histérica de 3 años a las dos amigas octogenarias que se la juegan seriamente con la deshidratación. Seis horas de pateo ininterrumpido, cuesta arriba, cuesta abajo y almuerzo en restaurante típico o kit de avituallamiento compuesto por bocata, lata de refresco y dos piezas de fruta. En este último caso, atentos a las señales. Si el crucero es tan cutre como para alimentarte en plan visita de escolares a la Alhambra, es fundamental que vigiles los botes salvavidas, no vaya a ser que estés navegando el Mediterráneo en la barcaza de Chanquete. Una cosa es que en la balsita mediterránea no te vayas a encontrar la tormenta perfecta y otra muy distinta irte a pique sin ningún tipo de glamour. Que el capitán huela a pescado no es buena señal. No te dejes engañar por la cena de gala que se repite cada noche ni por el posterior baile con dj u hombre orquesta ni por la obligada Conga, convertida en la actividad más divertida del crucero. Si menear el trasero y hacer el gusano mientras agarras la cintura a una señora que patina todo el rato y sientes las manos sudorosas de su marido en la tuya es lo mejor que puedes hacer en cualquier lugar del mundo, elimina ese lugar como destino. Eres una persona equilibrada y quizá más de tierra que los espárragos. Hay que pensar más de diez veces el plan crucero. Si es un viaje de pareja de luna de miel, adiós a la intimidad. Si es un viaje de amigas dispuestas a intercambios vacacionales, adiós a cualquier posibilidad de huida o finta: te vas a encontrar al plasta un día tras otro. Y si es un viaje de pareja en vías de extinción, ojo con arrimarse a la barandilla en cubierta o imitar a Kate Winslet en *Titanic,* porque tu futuro ex novio no es Leonardo DiCaprio y mucho menos *El rey del mundo*. A ver si vas a caer como un saco de patatas por la borda. Seguro que no serías la primera.

Viajar siempre es una prueba de fuego. Para la pareja, para las amistades, para tus tarjetas de crédito, para ti. No hay nada que un buen viaje no transforme. Hay que detallar que cuando hablemos de viaje entenderemos por ello, en este caso, un desplazamiento que suponga un cambio real de escenario, cultura y, si es posible, horario y con una duración nunca inferior a una semana. En algunos casos las reacciones pueden producirse antes, incluso en dos o tres días, pero la convivencia se guisa a fuego lento y una visión precipitada puede resultar engañosa. Por lo tanto, nos ceñiremos a esos viajes que entran directamente en la categoría de las vacaciones. Duración estimada: una semana-quince días. Coste: una pasta.

Encuadradas en esta clasificación podemos encontrar otras subcategorías: la ya mencionada: viaje en pareja, y además: viaje en grupo organizado, viaje en grupo de amigos y viaje en solitario. Y derivadas de la primera: viaje en pareja de luna de miel, viaje en pareja *somos superfelices así,* viaje en pareja necesitada de un empujón, viaje en pareja necesitada de reanimación, viaje de resurrección de la pareja y viaje de pareja *y tú ¿quién coño eres?*

En cuanto a los grupos, categoría de conflicto asegurado, hallaremos viaje de grupo de amigos organizado por una agencia, viaje de amigos «a nuestro aire» organizado por uno de ellos y viaje de amigos «a nuestro aire» organizado por todos (caótico desde el primer taxi).

Para viajar sola hay que querer o no hay que tener más narices. Por lo tanto, podríamos denominar estas subcategorías viajes de placer individual o viajes de sufrimiento individual. Ambas pueden derivar en viaje improvisado de pareja (pagada o no), viaje de nuevo grupo de amigos (comprados o no) o viaje de arrimada total. Esta última categoría suele germinar en las excursiones (las de crucero son el mejor caldo de cultivo porque la arrimada siempre puede localizar de nuevo a sus víctimas).

Cada una de estas categorías más los viajes mochileros y derivados pasarán seguro por su propia experiencia del lado absurdo de viajar y por su particular jet lag.

El jet lag es un fenómeno físico. Nuestro cuerpo sufre los cambios horarios en el sueño y en las comidas. No tienes hambre a la hora de comer y no tienes sueño a la hora de dormir o te quedas pegada la mitad del día y comes de noche. Sea como sea tu jet lag físico, hay otro que tiene más que ver con nuestro horario emocional. El que nos mantiene en hora con lo que queremos. Por eso, a veces, en nuestro lugar de destino, cambiamos el reloj, pero otras preferimos saber siempre qué hora es allí de donde venimos. El tiempo nos mantiene pegados. El arraigo horario es en ocasiones muy poderoso.

Viajar es peligroso, absurdo y constituye una prueba de fuego para cualquiera porque la distancia y un tiempo diferente nos transforman. Eso no es malo aunque estés más gorda y tengas más granos o dermatitis. Es distinto y nuevo. Además volverás a tu ser como un reloj, la rutina es lo que tiene, que se impone. La experiencia de un viaje tiene su precio pero siempre merece la pena aunque en un ataque de simpatía te conviertas en la pesada, graciosilla, cuentachistes o arrimada de una excursión en un día de lluvia, te hagas amiga del guía bajito y simpático, e intentes corregir la trayectoria de un conductor anciano que ha hecho siete millones de veces ese recorrido en su vida pero sin tus mapas, tu móvil con GPS, tu *roll on* antimosquitos y tu cancionero que quiere ser una invitación subliminal al karaoke nocturno. No te avergüences de tu auténtico lado viajero.

Quién sabe qué habría hecho Cenicienta si hubiera tenido la opción de viajar. ¿Habría intentado llegar a otra fiesta en otro lugar ganándole horas al tiempo? ¿O quizá Cenicienta corría porque perdía un avión? ¿Y si en realidad huía del príncipe? Los zapatos de cristal deben de hacer mucho daño y si se te rompen más. Allá donde vayas prueba a quitarte el reloj. Cuando tengas hambre, come. Cuando tengas sueño, duerme. Cuando no quieras estar sola, busca compañía. Cuando desees tu soledad, no permitas que te la rompan. Da igual donde estés. Tú eres mejor que Cenicienta. Si tienes que correr, hazlo descalza.

Colorín colorado

Epílogo

Mujeres urbanas, madres trabajadoras, solteras ciclotímicas y adolescentes en erupción. En el siglo XXI todas estas mujeres comparten un paso atrás en el difícil viaje que un día describió Darwin. Este nuevo milagro (una decepción a tiempo no tiene por qué ser un desastre) alcanza su cumbre el día en el que la mujer, en una doble pirueta y salto mortal hacia atrás, reconoce abiertamente que ser la madrastra del cuento no le hace feliz, que ser solamente la princesa del cuento tampoco le hace feliz; en definitiva, que no sabe ser feliz, y es posible que no aprenda nunca. Aunque la perspectiva de futuro no sea en ese momento muy alentadora, la mujer, al menos, respirará aliviada. Sabrá por fin qué es ficción y qué, realidad. Las turbinas de su alma femenina arrancarán y sonreirá compasiva al pensar en las horas que ha gastado viendo capítulos de *Sexo en Nueva York*. Permitirá que la envidia la inunde al pensar en la joven mamá que vive en el primero y que lleva sin dormir tres meses como ella. Llorará sin gimotear, sin histerismos, saboreando cada lágrima tranquila. De repente, en el éxtasis de la clarividencia, se elevará sobre el zapatero de su vestidor y levitará hasta dar con el falso techo de escayola. Le dolerá, pero no más que haber optado por poner cerámica en el suelo de su habitación porque es tendencia. Desde arriba el efecto geométrico será espantoso y mareante. En ese momento entrará en trance.

¿Quién querría vivir sola en lo alto de la torre más alta de la ciudad?

¿Qué mujer desearía vivir enganchada a un espejo mágico que la maltrata psicológicamente?

¿No preferirías que te durmiera cada noche un beso a que, de vez en cuando, uno te despertara?

¿No sería más honesto asumir que no mereces ser hada madrina si puedes traicionar a la princesa?

¿Por qué ser Wendy tiene que ser peor que ser Peter Pan?

Difícilmente podrá remediar el lumbago que la va a postrar en la cama los próximos días. La cerámica, además de ser fea, está fría como placas de hielo. No sabrá cuánto tiempo lleva ahí ni cuando se desmayó, pero se le habrán dormido el muslo derecho y el culo. Coja, muerta de frío y pálida como un fantasma se incorporará y sin poder evitarlo avanzará arrastrando los pies hasta su espejo panorámico. Se le habrá corrido el rímel. Y el relleno de la teta izquierda asomará por la camisa abierta.

El pelo encrespado, prueba de que además de fría la cerámica está húmeda. Pensará que está muy delgada aunque sabe y ha comprobado en varios trabajos de campo que con un poco más de carne se liga el triple. Empezará a entender por qué las mujeres con curvas parecen más felices, pero seguirá sin entender por qué bailan mejor y pueden entonar canciones regionales sin hacer el ridículo. Puede que sea porque su redondez reconforta a los demás.

Al día siguiente irá a buscar la nueva serie que repare el engaño de Carrie, pero no la encontrará porque no existe.

En las pantallas las princesas duermen y las brujas vuelan. En la vida real las princesas sufren trastornos alimentarios y no pegan ojo encerradas en jaulas de oro; las brujas, por su parte, vuelan bajo, a ras de suelo, y tampoco duermen mucho. La culpa por ser quienes son en el cuento las mantiene en vela. La envidia por no ser la otra las consume desde el primer párrafo.

Érase una vez un cuento tan estructurado que acabó por desordenar las mentes de miles de niñas con una ambición capaz de mover montañas de azúcar. Una voluntad suficiente para dar la espalda al flautista en las calles de Hamelin. Una belleza al alcance de cualquier espejo de piedras preciosas. Las niñas que eligieron ser princesas y acabaron siendo brujas. Las mujeres que acabaron siendo brujas y echan pestes sobre las princesas. Ni las unas ni las otras. Todas y ninguna.

No estamos en los cuentos. La identificación es cruel. Por exigente. La frustración de no poder ser tan buena como Blancanieves. El desencanto por no poder ser tan mala como la madrastra. La desesperación por no ser tan hermosa como ninguna de ellas.

Un fin tan lejano como los reinos descritos.

Una vida de cuento ya no es una vida con extra de hadas.

Escribe una historia que te puedas creer. Cuentos sobre mujeres desordenadas, mujeres comilonas, mujeres incapaces de enamorarse, mujeres infieles, mujeres que no sienten nada, mujeres nocturnas, desquiciadas, divertidas, mujeres salidas, mujeres desastre, mujeres cataclismo, terremoto, mujeres huracán, mujeres en guerra..

Bosques de rascacielos. Fiestas Castillo. Escaleras mecánicas en el palacio. Zapatillas de brillantes. Manzanas de ansiolíticos. Caramelos excitantes. Piedritas de chocolate. Días del No cumpleaños. Vestidos transparentes. Resacas de Nunca Jamás. Princesas de la noche. Brujas de los despachos.

Una reunión más y me marcho. Una copa más y me largo. Nunca son las doce en punto.

Agradecimientos

La soledad que se experimenta al escribir un libro hace del aliento de los que te quieren un combustible fundamental. Nunca hubiera podido atreverme a invadir una hoja en blanco sin el cariño y la ilusión de un montón de amigos. Todos han sido mi inspiración presente y futura. Gracias a Fernando por su comprensión y energía. Gracias a Espido por abrazarme, por aquella primera comida juntas. Gracias a Alicia por su risa y a Montse por sus trapos. Gracias a la abuela, mamá y Juani, primeros retratos del mundo femenino. Gracias a Chiche por los recuerdos antiguos y a Ana por los nuevos. Gracias a Rosa, mi editora, por su cariño y su paciencia. Gracias a La Juguetería y a Oli por nuestra charla. Gracias a Gonzalo y Sergio por compartir sus técnicas de ligoteo. Gracias a Elena por confiar, por creer, por abofetearme siempre con el lado positivo de la vida. Gracias a Kelly por nacer conmigo y por aquella llamada de aprobación y ánimo, mi crítica, mi hermana. Gracias a Ana Aladro por haberme cogido de la mano y haberme hecho parte del mundo que describo, por su ironía y su capacidad de observación. Ella, la más feroz. Y, sobre todo, gracias a Iñaki, el motor, la corrección, la seguridad y el amor que nunca encuentras en tu frío portátil.

Aguilar es un sello del Grupo Santillana
www.librosaguilar.com/es

Argentina
Av. Leandro N. Alem, 720
C 1001 AAP Buenos Aires
Tel. (54 11) 41 19 50 00
Fax (54 11) 41 19 50 21

Bolivia
Calacoto, calle 13, nº 8078
La Paz
Tel. (591 2) 279 22 78
Fax (591 2) 277 10 56

Chile
Dr. Aníbal Ariztía, 1444
Providencia
Santiago de Chile
Tel. (56 2) 384 30 00
Fax (56 2) 384 30 60

Colombia
Calle Carrera 11 A, nº 98 - 50
Bogotá
Tel. (57 1) 705 77 77

Costa Rica
La Uruca
Del Edificio de Aviación Civil
200 metros Oeste
San José de Costa Rica
Tel. (506) 22 20 42 42
y 25 20 05 05
Fax (506) 22 20 13 20

Ecuador
Avda. Eloy Alfaro, N 33-347
y Avda. 6 de Diciembre
Quito
Tel. (593 2) 244 66 56
Fax (593 2) 244 87 91

El Salvador
Siemens, 51
Zona Industrial Santa Elena
Antiguo Cuscatlán -
La Libertad
Tel. (503) 2 505 89
y 2 289 89 20
Fax (503) 2 278 60 66

España
Torrelaguna, 60
28043 Madrid
Tel. (34 91) 744 90 60
Fax (34 91) 744 92 24

Estados Unidos
2023 N.W. 84th Avenue
Miami, FL 33122
Tel. (1 305) 591 95 22
y 591 22 32
Fax (1 305) 591 91 45

Guatemala
26 avenida 2-20
Zona nº 14
Guatemala CA
Tel. (502) 24 29 43 00
Fax (502) 24 29 43 03

Honduras
Colonia Tepeyac Contigua
a Banco Cuscatlán
Frente Iglesia Adventista
del Séptimo Día,
Casa 1626
Boulevard Juan Pablo
Segundo
Tegucigalpa, M. D. C.
Tel. (504) 239 98 84

México
Avda. Rio Mixcoac, 274
Colonia Acacias
03240 Benito Juárez
México D.F.
Tel. (52 5) 554 20 75 30
Fax (52 5) 556 01 10 67

Panamá
Vía Transísmica,
Urb. Industrial Orillac,
Calle segunda,
local 9
Ciudad de Panamá
Tel. (507) 261 29 95

Paraguay
Avda. Venezuela, 276,
entre Mariscal López
y España
Asunción
Tel./fax (595 21) 213 294
y 214 983

Perú
Avda. Primavera 2160
Santiago de Surco
Lima 33
Tel. (51 1) 313 40 00
Fax (51 1) 313 40 01

Puerto Rico
Avda. Roosevelt, 1506
Guaynabo 00968
Tel. (1 787) 781 98 00
Fax (1 787) 783 12 62

República Dominicana
Juan Sánchez Ramírez, 9
Gazcue
Santo Domingo R.D.
Tel. (1809) 682 13 82
Fax (1809) 689 10 22

Uruguay
Juan Manuel Blanes, 1132
11200 Montevideo
Tel. (598 2) 410 73 42
Fax (598 2) 410 86 83

Venezuela
Avda. Rómulo Gallegos
Edificio Zulia, 1º
Boleita Norte
Caracas
Tel. (58 212) 235 30 33
Fax (58 212) 239 10 51

Este libro
se terminó de imprimir
en los talleres gráficos de
Anzos, S. L. (Fuenlabrada, Madrid)
en el mes de mayo de 2012